# LES ESCARGOTS NE SAVENT PLUS BAVER

AUX MÊMES ÉDITIONS

De Patrice DARD
*(Les Nouvelles Aventures de San-Antonio)*

*Corrida pour une vache folle*,
roman, 2002.

*Les Contrepets de San-Antonio*, 2002.

*Un pompier nommé Béru*,
roman, 2002.

De Frédéric DARD
*(romans de jeunesse)*

*La Peuchère*, nouvelle,
Lyon, 1938 ; Paris, 2002.

*Monsieur Joos*, roman,
suivi de
*La Plaque tournante* et *Vie à louer*, nouvelles,
Lyon, 1941 ; Paris, 2002.

*Le Norvégien manchot*, roman,
Lyon, 1943 ; Paris, 2002.

*Croquelune*, roman,
Lyon, 1944 ; Paris, 2002.

*Les Pèlerins de l'Enfer*, roman,
Lyon, 1945 ; Paris, 2002.

*Saint-Gengoul*, roman,
Lyon, 1945 ; Paris, 2002.

*Au massacre mondain*, roman,
Lyon, 1948 ; Paris, 2002.

Patrice Dard

LES NOUVELLES AVENTURES DE
SAN-ANTONIO

# LES ESCARGOTS NE SAVENT PLUS BAVER

roman d'aventures
western africain

comptine initiatique sur la grandeur
et le déclin des gastéropodes

Fayard

*Il est facile d'être génial,*
*mais plus difficile de le faire savoir.*

D'après BERNARD-HENRI LÉVY.

Attention !

Toute ressemblance entre
le Sénégal de cette histoire et un Sénégal existant,
passé, présent ou à venir,
ne serait que le fruit blet
d'une fâchencontreuse culincidence.
Qu'on se le dise !

S.-A.

*Hommage à l'équipe de foot*
*black, black, black*
*qui nous a fait rêver.*
*Et aux naufragés du* Joola
*qui nous ont fait chialer.*

A Jean-Marie Messier,
l'homme qui vendit de l'eau
pour acheter du vent.

San-Antonio.

# 1

# Le cauchemar de l'aube

*Lundi 7 avril, 6 heures.*
*5 jours et 11 heures avant l'exécution du traître.*

On n'a jamais vu une marbrerie funéraire déposer son bilan : ça donne à réfléchir. La mort est l'une des dernières valeurs sûres de notre planète qui a mal à ses bourses. Le danger, c'est qu'aujourd'hui on ferme les maternités à tour de bras. Comment se régénérer en macchabées si on ne laisse pas éclore les jolis fœtus ?

Ça tombe bien, tu vas rire, je cherche justement la tombe d'un enfant. Pas un très jeune mouflet, plutôt un enfant vieux. Je ne parle pas de la vieillarderie qui ratatine, bancalise, infarcte les intérieurs, mais de la vieillissure endémique de l'homme, celle qui commence par un orgasme pour s'achever dans ce grand cimetière sous la lune mauve par une nuit de dessin animé japonais.

Les croix s'écartent sur mon passage, formant une haie d'horreur. Des flocons de neige brûlants tourbillonnent : le ciel est un écran de télé un jour de grève. Les chrysanthèmes hululent dans leurs pots. Les feux follets dansent la Carmagnole. Un zinzonnement d'insecte m'exaspère les tympans. Une étoile palpite au ras du sol.

J'aperçois le mausolée noir érigé pour cette garce. C'est là qu'ils m'attendent ; l'impatience les a séchés sur pied. Le piège sera au rendez-vous, je te le jure, San-Antonio ne fait jamais faux bond. Un air s'élève en ma mémoire : le chant du guépard.

Et le voilà, le bond, le vrai, le grand bond en avant, celui, magistral, d'un félin peu ordinaire. L'ombre de ses griffes et de ses dents dévore la lune, plane et se déploie au-dessus de moi. Mes réflexes, même en délire, tu les connais ? Je plonge dans une fosse qui s'ouvre par advertance et atterris moelleusement sur l'opercule d'un cercueil.

Le guépard s'immobilise dans les nues. Une harde de chauves-souris le cerne en criaillant et le vide de son sang. Du fauve ne reste qu'une descente de lit. Avant de s'évaporer dans la nuit, le plus aimable des vampires m'adresse un sourire connivent.

Jaillie de la sépulture, une main décharnée s'abat sur mon épaule :

– Attachez votre ceinture, Monsieur, nous commençons notre descente sur Dakar...

Je soubresaute sur le siège, peinant à évacuer l'hébêbétude consécutière à mon cauchemar. Le vronvron des réacteurs et le clignotement d'une loupiote en bout d'aile m'annoncent que je navigue dans les airs et vogue dans l'éther.

Je me ressens perplexe comme un gynéco ajustant le traitement hormonal d'Amanda Lear. Que faisé-je-tu donc dans ce zinc à chevaucher les tropiques ?

Bien pleine, bien faite, ma tronche daigne éclairer ma comprenette. Je me revois hier soir, vers minuit, cavalcadant le terminal 2 de Roissy pour choper ce vol de la Manhattan Airways assurant la liaison entre New York et le Sénégal, via Pantruche.

Façon hospice, l'hôtesse redresse ma tablette et verticalise mon dossier. Tu sais qu'elle est choucarde dans son uniforme de contractuelle, avec ses cheveux peroxydés, ses châsses bleu pervenche et son valseur monté sur roulement à billes ?

Parole, mon calbute reprend plus vite conscience que mon bonnet, et le jaquemart qui l'habite tambourine comme un dératé vers l'issue de secours.

– Vous restez en escale à Dakar ? demandé-je à la môme.

– Seulement vingt-quatre heures, me rétorque-t-elle dans son délectable accent *Made in USA*.

– Vingt-quatre heures, ça comprend au moins une nuit, et une nuit devrait suffire à notre bonheur, *isn't it* ?

La blondeur me vote une mimique contrite.

– Vous feriez mieux de chercher une nymphette couleur locale. Moi, c'est exactement ce que je vais faire, sitôt posé mon collant. *Good luck*, et que le meilleur chasseur gagne !

Un rien toujours envapé, je regarde l'hôtesse

s'éloigner dans la travée. Pourquoi ai-je la soudaine prémonition qu'un effroyable destin la guette ?

*« Les enfants naissent inégaux en couleur et en devenir. »*
LE SCARABÉE.

## 2

# Des dragées sans baptême

*Lundi 7 avril, 8 heures.*
*5 jours et 9 heures avant l'exécution du traître.*

Un douanier roux sot me demande naïvement si j'ai quelque chose à déclarer. Ne trimbalant qu'un Opinel[1] dans la doublure de mon imperméable, un larfeuille dans la poche de mon blazer et un magnifique trio de billard dans celle de mon kangourou, je lui déclare ma flamme pour le Sénégal et les Sénégalais, avec mention spéciale pour les albinos en uniforme.

Ravi, il me donne quitus et je traverse d'un

1. Pourvu d'une lame d'ivoire indétectable par les arceaux de sécurité, ce modèle a été spécialement réalisé à mon intention par cette noble maison.

pas altier le hall de l'aéroport Léopold-Sédar-Senghor, éminent poète normand qui fit beaucoup pour la négritude, la francitude et la littératude, sans pour autant échapper à l'Académie française.

Au centre du terminal, sur une estrade de velours rouge, une bagnole japonaise en démo gravite majestueusement autour de son axe.

Une double porte à vitre étoilée d'un côté, suppléée par du carton de l'autre, coulisse en ahanant, et me voici sur le parvis. Une cohorte de taxis déglingués jaune et noir est prise d'assaut et en désordre par une foule que si je ne te la qualifie pas de bigarrée, tu vas me prendre pour un écrivain de deuxième catégorie.

Sous ce bouquet de palmiers et un ciel bleu comme le paquet de Gitanes qui t'a vérolé les bronches, mon Burberry et ma veste pure laine d'Écosse me donnent l'allure d'un touriste étourdi débarquant à la Réunion, skis sur l'épaule, à la recherche du piton des Neiges.

En ce début de printemps, le temps est sec sur Dakar et la température conforme aux normales saisonnières, comme ne cesse de te le rabâcher l'ami Thierry et son pote Laurent sur ta station de radio préférée. Huit plombes du mat', et le mercure annonce déjà 24 degrés, soit les deux tiers de ce qu'il affichera vers midi et jusque dans ton rectum quand tu seras bien portant.

Un interminable Black qui a dû faire basket-ball en première langue me propose une carte de la Namibie, une paire de lunettes à ma vue, une chemise à ma taille ou une perceuse électrique, black elle aussi, mais d'équerre, en plus.

N'étant pas de l'engeance qui rebuffe le manant, je lui achète des verres aveugles pour le prix de son stock. Pour me remercier, il me passe un pendentif autour du cou, une ratiche traversée par une cordelette.

– Dent de requin ? rigolé-je.

– Dent de guépard ! Grigri magique ! Porte-bonheur, jamais quitter...

– C'est sympa, merci.

Interpellé par mon ostensible générosité, un Blanc suiffeux au look loukoum, costard fripé horriblement auréolé sous les bras, m'aborde et me demande si je ne voudrais pas changer quelques dollars ou euros en monnaie autochtone à un taux de mécène. Un franc CFA vaut *grosso modo* une roupie de cent sonnets, et un sonnet, tu sais ce qu'en pense Alceste, sinon relis la Miss-en-trop. J'accepte de me laisser arnaquer en échange d'un tacot prioritaire. Ce dont acte.

Sculpté dans un bloc d'anthracite, avec, en guise de ratiches, les meilleures touches d'un piano sans dièse ni bémol, mon chauffeur pilote de la main droite et de l'œil gauche, les doublons de ces organes étant réservés à la lecture d'un vieux San-Antonio plus jauni qu'un slip de Bérurier.

Le gonzier zigzague dans la circulance en se torboyautant. Il enfile habilement rocades et avenues sans interrompre sa lecture.

– Ça vous plaît, ce bouquin ? le questionné-je.

Il me flashe les carats de son regard dans le rétroviseur et le roulement de ses « r » enchante mes osselets auriculaires.

– San-Antonio, c'est ma vie ! J'ai appris à lire avec, à penser avec, à baiser avec ! Il est mon ami, mon père, mon frère, toute ma famille. On raconte qu'il est mort, mais c'est mensonge : les héros meurent jamais.

– T'as raison de ne pas plus te fier aux racontars qu'aux apparences, mon garçon, surtout en Afrique.

Le conducteur me désigne au loin deux immenses minarets jumeaux, chacun surmonté d'une double ogive de style berbéro-nucléaire.

– Ça, c'est la mosquée d'Ouakam où je ferais mes prières si j'étais croyant. Mais je suis musulman juste pour la polygamie.

Son rire, chapelet de glouglous, évoque une partouze de dindons avant Noël.

– Remarquez, j'ai qu'une femme. Mais elle sait que je peux en avoir trois autres, alors elle file doux !

Chemin paonant (il y a peu de faisans, au Sénégal), le jeune homme m'apprend qu'il se nomme Dialo N'Koupépa et appartient à la tribu des Pastougris, ethnie apparentée aux Toucouleurs, en plus foncé.

Il est si fier de me faire découvrir sa ville qu'il me balade un peu, histoire de gonfler le compteur, mais c'est de bonne guerre.

Nous passons devant l'université Jo-Hatoum, puis nous empruntons la route de la corniche ouest, longeons le stade et la prison, avant de repiquer à gauche en direction du centre.

Bien qu'hétéroclite (oh, ris !), avec ses villas ex-coloniales sous des gratte-ciel prévétustes,

Dakar ne manque pas d'un certain charme aznavourien pour ceux qui préfèrent la misère au soleil.

– Voilà ! lance Boulet-de-charbon, au bout de l'avenue du Maréchal-Pompidou se trouve la place de l'Indépendance et votre hôtel Pinanga.

– Tourne à gauche ! décidé-je ex abrupto d'un ton auquel tu obéis, même si c'est contraire à ta nature.

– Un problème ? s'inquiète-t-il.

– Ma femme me suit et je ne veux pas qu'elle sache où je me rends.

Sa bouche se fend d'une sonate au clair de lune.

– J'ai compris. On va la semer ?

– Au contraire, je rêve d'un bel embouteillage. Ça doit exister à Dakar ?

– Pas à cette heure-ci !

Que je te briefe, lecteur assidu qui vient de débouler dans ces lignes : quelques coups de saveur vers le rétro m'ont permis de remarquer une 403 décapotable réformée de chez Columbo, qui me filoche le train à petite encablure. Un seul individu l'occupe, le chauffeur, ce qui rassasiera ton rationalisme primaire. Il s'agit d'un mec plutôt rondelet et de race blanche, mais, pour plus informé, il faudrait s'être fait greffer le télescope du mont Palomar sur la rétine.

– Un petit bouchon, ça doit pouvoir s'organiser avec quelques collègues taxis ? présupposé-je. Je paierai en conséquence. T'as bien un bigophone ou un système radio ?

– Évidemment ! qu'il réplique, un chouïa vexé. On n'est pas chez les Zoulous !

Comme quoi, hein ?, négro et confit en san-antoniaiserie, on n'en peut pas moins rester accessible au racisme.

Trois minutes plus tard, la circulance se densifie sous l'effet de trois ou quatre sapins réquisitionnés par ondes courtes qui nous la jouent grève des camionneurs en tenant toute la largeur de l'avenue du Président-Lamine-Hassoté.

– Tu dépasses la camionnette, et tu restes devant.

– Bien, patron ! C'est fou ce qu'on rigole, avec vous.

– On va se quitter là, beau blond ; est-ce que trente mille pions CFA suffiraient à ton bonheur ?

Le zigue manque d'avaler son clavier.

– Pour ce prix-là, vous pouvez en plus faire le cul de ma belle-sœur, mais je conseille pas.

Je lui tends la brassée de billets changée il y a peu devant l'aéroport. Il éclate de rire :

– Vous jouez au Monopoly ?

– Ils te plaisent pas, mes talbins ?

– Ils sentent encore la photocopieuse !

Reconnais que j'ai l'air branque, moi le poulet label, de m'être laissé enfler par le suiffeux sanctifié sous les bras !

Je carme mon sympathique mentor en euros sonnants et pas très bûchants, et, profitant de l'abri propitiatoire d'un véhicule de livraison, m'extirpe du taxi.

Je trottine en remontant l'embouteillage. Parvenu à la hauteur de la vieille Peugeot cabriolet, je bondis en souplesse sur le siège passager. Pas de cachoteries : le conducteur n'est autre que l'authentique suiffeux faux-monnayeur.

Il esquisse un mouvement du bras droit en direction de son aisselle gauche, celle qui chlingue davantage. Je dégage mon Opinel de combat et lui plante la lame sur un demi-centimètre de profondeur dans l'entrejambe. Son cri me rappelle certains pets foireux de Béru ou l'effroi des corneilles décollant d'un labour.

– Les deux mains sur le volant, ou je te tranche les burettes ! lui intimé-je.

Le gusman obtempère en gémissant.

– Je vais être limpide avec toi, mec ! Ma nuit a été cauchemardesque et j'opte pour une journée plus sereine. Alors soit tu réponds à mes questions, soit tu décides de chanter en fausset.

Un glapissement de douleur réplique à mes propos.

– Bien. Je résume : tu me fourgues des faux biftons et tu me prends en filature. Pourquoi ? Pour me balancer à la première occase ?

– Y a de ça ! concède le suiffeux.

– Précise.

– Je devais vous coincer pour vous faire expulser du pays.

– Pourquoi ?

– J'en sais rien.

– Qui t'a chargé de cette basse besogne ?

– J'en sais rien...

J'enfonce mon coutelas d'un nouveau demi-centimètre et le type se met à beugler comme une vache folle à l'abattoir.

– Fais gaffe ! le morigéné-je. Un harem, c'est bandant pour le nabab, mais barbant pour l'eunuque !

– Je peux rien dire, pleurniche le futur écouillé ; ce serait trop dangereux.

Il a raison de s'inquiéter, cézigue, car tu vas voir l'à quel point sa santé est précaire. Un individu casqué s'arrête à notre niveau, chevauchant un scooter rouge. Il sort un flingue prolongé d'un silencieux et nous arrose copieux. La première bastos éclate la tronche du suiffeux. Un lobe de cerveau, celui où devait siéger son impérissable amour pour sa vieille mère, vient se plaquer sur le colback de mon imper.

Dans sa nervosité, l'agresseur lâche trois autres prunes. J'éprouve les impacts à travers la viande de l'écervelé dont la volumineuse carcasse me tient miraculeusement lieu de gilet pare-balles.

Pétarade de motocyclette, je lève un cil : l'assassin est déjà reparti. Il se faufile entre les bagnoles et labyrinthe par les ruelles adjacentes.

Dans le concert de klaxons et l'effervescence ambiante, nul n'a remarqué l'incident. Sauf le loukoum qui, en expirant, a cessé de savoir qu'il vivait.

Je profite de ce sursis pour le fouiller fissa. Primo, je le soulage sous l'aisselle du calibre subodoré et surodorant qui leste son holster. Cette prise de guerre viendra enrichir mon arsenal. Puis je farfouille son morlingue. Seras-tu surpris d'apprendre que le suiffeux, de son nom d'épitaphe Tafouré Mafig, appartenait à la police locale ? Pas moi, et je commence même à entraver clairement sa manœuvre. Il guette mon arrivée à Dakar, me cloque ses coupures bidon et me suit jusqu'à me piquer en flag d'écoulement de fausse mornifle, prétexte pour me retourner dans mes foyers.

Dans quel but ? M'empêcher d'accomplir ma mission.

Quelle mission ?

Excellente question, et je suis bien heureux que tu me l'aies posée.

Laisse-moi d'abord récupérer mes zeuros dans le maroquin du canné et lui restituer ses fac-similés.

Permets-moi z'aussi de larguer mon Burberry plus maculé de raisiné que le torchon d'un fabricant de boudin, et d'en recouvrir pudiquement le cadavre.

Et si tu me laisses le temps de gagner enfin mon hôtel, d'y négocier quelques fringues de rechange et une trousse de toilette, d'y prendre une bonne douche fraîche, de me raser, me pomponner, me parfumer, me lustrer, me calamistrer, je te revriendrai plus fringant que jamais et ne manquerai pas de te narrer le pourquoi du comment de cette abracadabrantesque aventure.

Ou du moins ce que j'en sais.

En définitive : peu.

Mais le peu que je sachiasse, et ce que je m'en vais découvrir, crois-moi, a de quoi te liquéfier le côlon et une bonne portion de l'intestin grêle.

*« Les amis de nos amis*
*sont souvent nos ennemis. »*
LE SCARABÉE.

# 3

# Fais gaffe à tes os

*Lundi 7 avril, 12 heures.*
*5 jours et 5 heures avant l'exécution du traître.*

Quand on aime, on en fait toujours trop et jamais assez. Sans doute est-ce pour cela que j'ai perdu Marie-Marie. Et pour quelques bavures aussi[1]. La dernière goutte de foutre fait souvent déborder le pot. Ma Musaraigne a refait voile vers la Suède en me promettant de m'amener ma petite Antoinette de temps à autre, comme on visite un subclaquant dans un mouroir.

Je lui écrirai des cartes postales, à ma gamine, ce que je viens de faire. Elle décollera à la vapeur

1. Va faire un tour à la fin de *Un pompier nommé Béru*, tu comprendras.

les timbres de mes lettres et les collectionnera : bonjour Dakar, salut les Antilles, maudit Canada. Elle les collera de traviole dans un cahier d'école qu'elle finira par oublier dans le tiroir du bas d'un meuble qu'on n'ouvre jamais. Je recevrai des photos d'elle. Joliette avec ses couettes, nunuche quand les dents de lait s'éparpillent, attendrie devant un chaton, fanfaronne à califourchon sur un poney, chahutant avec un insoupçonné cousin qui lui fera découvrir un jour les plis et replis de son corps.

J'aurai laissé partir une fillette, je retrouverai une jeune femme. On aura plein de choses à se raconter, mais plus rien à se dire. Un enfant, ça s'accompagne tout du long, sinon ça devient un inconnu et, dans le meilleur des cas, un orphelin.

Pardonne-moi, toi dont les doigts crispent ce bouquin, mais comme une demi-vieille a des bouffées de chaleur ou une tarlouze des poussées d'hémorroïdes, moi je fais des crises de détresse qui me tétanisent les amygdales. Je ne pleure pas sur mes amours perdues, mais sur l'indifférence qui suit et s'installe inexorablement. Le chagrin, au fond, c'est comme le bonheur : quand on commence à s'y habituer, il perd beaucoup de sa volupté.

Quoi ? Répète un peu ? Pour faire plus épais, je dis graisse ? Je t'avais promis de t'expliquer au plus vite l'émotif de mon séjour d'acarien[1] ? D'accord, j'y viens, mais tu pourrais me parler plus gentiment. Allez, serre m'en cinq, on va pas se fâcher pour si peu, depuis le temps qu'on se fréquente, nous deux !

Que je te plante déjà costume et décor, Hector. Bénouze de lin beige, veste bleu ciel et chemise grège, je ressemble davantage à une taupe modèle qu'à ce que tu peux observer au petit matin dans ta glace avant de partir au boulot. Ne m'en veuille pas si je te bouscule un peu, mec, mais j'existe seulement pour te faire rêver à ce que tu serais si tu n'étais pas toi.

Tables basses en véritable bambou polymérisé, poufs style panthère acrylique, ventilateurs tressés rotang galvanisé, comptoir en pure ébène

1. San-Antonio veut sans doute dire : « les motifs de mon séjour dakarois », mais on s'est déjà aperçu qu'il est très perturbé, ces temps-ci. *(Note de l'Éditeur.)*

d'ébonite : tel se profile le bar au luxe tropicalisé qui m'héberge.

Je me suis acagnardé à l'abri d'un palétuvier rose à feuilles éternelles, puisque plastifiées, d'où je profite d'un panorama privatif sur l'ensemble du *lounge* de mon hôtel.

Un barman, si noir dans son smoking que sans le liseré blanc de sa limouille on le prendrait pour une ombre chinoise, vient de me servir un Singapore Sling, cocktail fadasse qui fait très classe dans un roman répertorié exotique.

Je dispose enfin de quelques secondes pour te mettre au parfum et ne vais pas te priver plus longtemps de ce moment tant attendu.

Que faisais-tu hier soir, sur le coup des 10 heures, lecteur fantasque ?

Moi, je retirais une capote dans laquelle gluait une improbable descendance. Le chant guilleret du bidet ne m'empêcha pas d'ouïr le drelin de mon Nokia, mais trop tard, et je dus me contenter d'un message sur ma boîte irrévocable.

Il émanait de Jérémie Blanc, mon ancien adjoint sénégalais, nommé ministre de l'Intérieur de son pays l'été passé.

Je ne puis te faire écouter *in extenso* les propos de mon Black, car dans ma précipitance, j'ai oublié mon portable dans les falbalas de la dame au moment des adieux. En substance, le Négro spirituel m'appelait au secours. Il était très inquiet de la disparition inopinée de Mathias.

Si tu n'as pas lu *Corrida pour une vache folle* ni *Un pompier nommé Béru*, tu es un véritable cancre et je ne pourrai intercéder en ta faveur lors du grand conseil de discipline final. Sache cependant que Mathias – Xavier de son prénom – est l'un de mes plus antiques collaborateurs, ce que les spécialistes appellent un personnage récurrent de l'univers san-antonien. Cela ne signifie pas qu'il frotte le fond des Cocotte-Minute à la paille de fer, mais qu'il récure régulièrement notre souvenir.

Mari d'une mocheté qui éprouva hélas quelques faiblesses pour moi (comment l'en blâmer ?), père d'une équipe de rugby de marmots, sans compter quelques réservistes, beau-père de mon Antoine qui vit avec Amélie, sa fille aînée, Mathias est le plus souvent dénommé « le Rouquin du labo » dans mes chefs-d'œuvre. Le voici devenu : « l'Ex-rouquin du labo » ou plutôt « le Rouquin de l'ex-labo », car si sa tignasse est toujours rouquemoute, lui m'a bel et bien plaqué ! Sollicité par Jérémie Blanc, ce félon de Rouillé a accepté le poste de directeur de la police sénégalaise à l'automne dernier.

En tournée officielle dans le sud-est du pays où sévit une sécheresse plus sévère encore qu'à l'ordinaire, Mathias n'a plus donné signe de vie depuis un mois. Difficile pour Jérémie de dévoiler l'info sans passer dans son pays pour un lavement usagé. Il m'a supplié de retrouver Mathias dans les plus brefs délais et la plus épaisse discrétion.

Un ministre de l'Intérieur incapable de venir en aide à son chef de la police sans appel à la main-d'œuvre étrangère, il y aurait de quoi se bouffer la rate au court-bouillon si je ne connaissais la compétence de mes zèbres.

Je flaire qu'un coup fourré de *first* magnitude se fomente. L'accueil musclé que j'ai reçu à mon arrivée en terre sahélienne me renforce dans cette quasi-certitude.

En fin de message, Jérémie Blanc me demandait de le rejoindre à midi, ce même jour, au bar de l'hôtel Pinanga, place de l'Indépendance, à Dakar.

Il est midi. J'y suis. J'y reste. Et j'emmerde Mac-Mahon à défaut de MacDonald. Mais le lutin qui veille *night and day* sur mon esprit alerte m'informe tout de go que le Bronzé Majeur ne pourra honorer ni Balzac, ni notre rendez-vous, et que le jour où les chênes seront à court de glands, ils viendront s'approvisionner sous mes rameaux.

Cette affaire pue la foirasse, le traquenard, le piège à cons. Comment ai-je pu ainsi embarquer sur une simple injonction téléphonique ?

Les essais pour rappeler Jérémie se soldant sans cesse par une sonnerie occupée à son bureau, et à son domicile par les quolibets de Capote-Trouée, le plus déluré de ses rejetons, j'ai foncé tête baissée, comme une bête à cornes.

A l'instant où je prends la décision de lever le camp, un incident m'incite à surseoir : l'arrivée dans le bar d'une superbe fille noire emballée dans une minirobe rouge qui ne laisse rien ignorer de ses galbes ni de sa qualité de pute patentée. La môme croise mon regard, m'envoie en recommandé avec accusé de réception un sourire racoleur, et vient s'asseoir sur l'accoudoir de mon fauteuil. Elle s'apprête à me demander si je ne me sens pas un peu seul, ou une mièvrerie du genre, lorsque mon hôtesse de l'air, l'Amerloque oxygénée, radine à son tour.

Me reconnaissant, la *stewardess* s'approche et me gratifie d'un robuste *shake-hand.*

– *Hello, Mister...* hum..., attaque-t-elle.

– Antoine ! précisé-je. Quelle joie de vous revoir, *Miss...* heu...

– Mabrought ! Mais vous pouvez m'appeler Gwyneth, c'est mon prénom.

Elle me claque l'épaule à la hussarde et me désigne la prostiblack.

– On dirait que vous avez une liasse d'avance sur moi ?

– Je n'ai encore rien déboursé !

– Encore heureux, ça fait une heure que je la chauffe et vous allez tirer les marrons du feu ? Vous auriez donc tant de séduction que ça ?

– On le dit. Mais je vous en prie, récupérez votre fiancée, j'ai d'autres chats à fouetter.

Miss Mabrought frôle l'épaule de la pouffe.

– Allez, viens, cocotte ! Elle se penche sur mon oreille.

« Si le cœur vous en dit, je loge chambre 969, vous pouvez vous joindre à nous. J'aime les femmes, mais je ne déteste pas regarder un bel homme viril besogner l'une de mes conquêtes.

– Je ne vous promets rien, disé-je-tu en lui baisant le bout des doigts dont certains fleurent déjà la figue écrasée.

A peine les babouines évadées de mon champ visuel, trois types s'encadrent. L'un, blond fragile avec des mèches, fume-cigare doré au bec, vêtu dans les tons pastel, portant des verres teintés sur les yeux et sans doute un monocle sur l'œil de bronze, tant il est tante-à-cul. Le second, étrange mix blanc-black-jaune, se tient en retrait, me couvant d'un regard vipérin. Le troisième est un authentique noirpiot, crépu du crin, balèze du moindre muscle. Il aurait pu être beau gosse sans cette cicatrice qui remplace son œil gauche. C'est lui qui s'adresse à moi derrière un sourire à te congeler le sphincter austral.

– Bonjour, Monsieur San-Antonio, je m'appelle

Manga ! fait-il dans un français pur jus de réglisse. Bienvenue au pays. Je parle de *votre* pays, la France, car vous allez y retourner par le premier avion.

Ce genre de préambule ne t'encourage guère au dialogue, aussi me vermifugé-je dans un mutisme de Panama.

A son tour, le blondinoque intervient.

– Si vous espérez la venue de Son Excellence Jérémie Blanc, je vous conseille d'oublier ! articule-t-il, témoignant d'un fort accent anglo-sadicon. Monsieur le Ministre a eu un empêchement.

Comme je ne moufte pas plus qu'une huître interviewée par la Gestapo, le type m'applique un minimagnéto contre l'oreille. L'audition débute par le classique graillon des décibels incontrôlés, puis la voix de Jérémie se fait entendre, morne et mal assurée :

« Antoine ? Mathias est de retour. Tout va bien. Désolé de t'avoir dérangé pour rien. Excuse-moi, mais je suis très pris, en ce moment. Bon retour. A bientôt. »

Le mordoré me coupe l'écoute.

– C'est clair, n'est-ce pas, commissaire ?

– Pourquoi M. Blanc n'est-il pas venu me raconter ça lui-même ?

– Il vient de vous le dire : il est suroccupé ! N'essayez surtout pas de le contacter, ça pourrait lui être fatal.

Ne pouvant réprimer une réaction de rogne, j'attrape le gus par le collet et l'attire à moi.

– Toi, la tafiote, grondé-je, si je dois te buter un jour, je te ferai souffrir d'abord.

– On nous regarde, commissaire, me morigène le mastard black. Décontractez-vous. Un tel manque de contrôle pourrait être préjudiciable à votre santé... et à celle de vos amis. Fiarko est un être adorable. Ses doigts sont habiles, et son trou du cul à géométrie variable. Un collaborateur de rêve.

– T'en as du vocabulaire, toi, pour un bronzé, persiflé-je, espérant le déstabiliser.

Il ne tombe pas dans mon panneau et darde son œil unique dans l'un des miens.

– Le prochain vol pour Paris, c'est demain aux aurores, par Manhattan Airways. Un conseil : ne le ratez pas !

J'expédie le minet dans les branches basses du

palétuvier nain et quitte le bar en bousculant le métis afro-asiate qui, je ne le saurai jamais mais te le précise pourtant, se nomme Pi So Po.

*« Les pires libertés sont celles qu'on vous impose. »*
LE SCARABÉE.

# 4

# La pelouse

*Lundi 7 avril, 13 heures.*
*5 jours et 4 heures avant l'exécution du traître.*

Juste habillée d'un double gode sanglé à la taille, Gwyneth m'accueille.

– Antoine ? *Nice to see you again...* Entrez donc !

Elle claque la porte de la chambre et m'entraîne vers le lit sur lequel sa pute patiente à croupetons.

– Regardez un peu ! Elle a le trou du cul plus accueillant que la chatte, vous trouvez ça normal ?

– Je ne suis pas venu pour une leçon d'anatomie, Miss Mabrought, mais parce que j'ai besoin de votre concours.

Se méprenant, l'hôtesse m'attrape le pacsif et l'évalue.

– On dirait Rocco plus ses frères. Mais c'est pas mon truc, la petite gourde va s'occuper de vous.

– Il faut que je vous parle ! lancé-je en retirant sa main de mon triumvir. Sérieusement et en privé...

Mon intonation autant que la noirceur de mon regard lui en impose. Elle demande à son hétaïre d'aller prendre une douche.

Plus docile qu'un haricot de mouton de Panurge, la pouf se transporte vers la salle d'eau. J'attends le ruissellement de la flotte avant de causer. Gwyneth m'observe en dégrafant son attirail.

– *Watt à peine ?*

– Votre avion part à quelle heure, demain matin ?

– Sept heures trente. Pourquoi ?

– Il me faut une place pour Paris !

La fille éclate de rire et me fait renifler les deux panais de son harnais baisatoire.

– Sentez vous-même ! Aujourd'hui, avec tous

ces déodorants, cul et con exhalent le même bouquet. Quelle tristesse ! Pour votre billet, *no problem*, le vol est à peu près vide.

– Ce que je voudrais, en fait...

Je m'interromps brusquementalement, percevant un imperceptible zonzon (tu connais mon tympan ?). Je barre mes lèvres d'un index impérieux. Miss Mabrought se claquemure dans le silence.

Rapidos, je détecte que le bruit léger provient d'un sac à main en cuir marron à l'intérieur duquel tourne un magnéto semblable à celui utilisé naguère par le blond Fiarko pour me faire esgourder les propos de Jérémie.

Je gaule un bout de papelard, le crayon mis à disposance des clilles par la direction de l'hôtel, et griffonne un message à l'intention de l'hôtesse : « Micro dans le sac de la pute ».

Puis j'enchaîne à haute et ostensible voix :

– Ce serait vraiment sympa de m'obtenir un billet de retour pour demain matin.

D'un cillement, Gwyneth m'indique qu'elle a pigé.

– Présentez-vous une heure avant le départ au

comptoir de la Manhattan Airways, tout sera réglé, dit-elle.

Je l'attire vers le balcon où elle se drape pudiquement dans les voilages pour ne pas endiabler les zobs de zan aux zalentours.

– Je suis flic, murmuré-je en lui montrant furtivement ma brème. Sécurité internationale ! Je dois faire semblant d'embarquer dans votre avion, mais demeurer en fait sur le territoire sénégalais. Pouvez-vous m'arranger le coup ?

– Je ne suis que chef de cabine. Et puis... pourquoi vous aiderais-je ?

Pernitente question, reconnais ! Si la détermination dirige les hommes dans le bon sens, l'impulsivité les rend vulnérables. Depuis quelques heures, j'agis avec l'énergie trépidante et aléatoire d'une mouche à vinaigre piégée dans une bouteille d'huile de tournesol.

A quel titre cette gonzesse prendrait-elle le moindre risque pour mécolle ? Elle me le claironne clairement :

– Nous nous connaissons à peine, nous ne sommes pas de même nationalité, nous n'avons aucun intérêt en commun, et vous me demandez de mettre ma carrière, voire ma sécurité en péril ? Si vous comptez sur votre charme, vous êtes mal tombé.

– En êtes-vous bien sûre, répliqué-je, lui frôlant le creux de la nuque avec une virtuosité telle que la Vénus de Milo, à sa place, eût réclamé au moins un doigt pour pouvoir se toucher sous son drapé de marbre.

La fille secoue la tête.

– Vous êtes incroyable !

– Je peux compter sur vous, ou pas ? insisté-je.

Miss Mabrought semble désarçonnée par mon aplomb.

– Je ne sais pas... Je vais réfléchir.

– Merci.

Je plaque mes lèvres contre les siennes. Elle a un bref mouvement de recul, puis accepte le baiser, enfin me le rend avec une fougue certaine.

– Finalement, c'est pas si mauvais que ça ! soupire-t-elle.

« Ça dépend des mecs ! » aurait répliqué Thierry Lhermitte, San-Antonio idéal à l'écran du temps qu'il était plus jeune que moi.

– Je file le premier, dis-je. Ne retenez pas trop

la pétasse, j'aimerais bien savoir pour qui elle bosse.

Gwyneth se détortille du rideau.

– De toute façon, j'allais la virer : elle broute comme une chèvre !

*« La confiance est un cadeau impossible à mériter. »*
LE SCARABÉE.

# 5

# Va donc m'attendre chez Plumeau

*Lundi 7 avril, 14 heures.*
*5 jours et 3 heures avant l'exécution du traître.*

Tu ne m'as même pas reconnu !

Moyennant un bakchich si chiche qu'un loufiat du Fouquet's te le jetterait à la gueule, je me suis procuré une vieille Mobylette et un bonnet de rasta *Made in China* qui me met-à-Formose la silhouette.

Califourchonné sur la meule, à quelque distance de l'hôtel Pinanga, je guette la sortie de la prostipute. J'ai hâte de faire la connaissance du marlou à qui elle va porter sa bande.

Un gamin arborant un maillot de foot trois

fois trop grand pour lui tournicote autour de moi en suçotant sa morve.

– Hé, m'sieur ! se décide-t-il à m'aborder. T'aurais pas des médicaments ?

– J'suis pas dealer ! grogné-je en lui faisant signe de se barrer.

– J'parle pas de drogue, mais de médicaments.

– Pourquoi j'aurais des médicaments ?

– Parce que t'es blanc ! Tous les Blancs ont des médicaments : pour les nerfs, les rhumatisses, pour la constipation ou pour la chiasse... Même périmés, c'est pas grave ! Moi, je cherche des médicaments à revendre, pas pour soigner...

J'attrique quelques piécettes au gamin et l'incite à dégager, car la pétasse quitte le palace, son sac marronnasse en bandouillasse.

La Blackette passe devant une file de taxis qu'elle néglige, préférant aller à pincebroque. Elle se retourne à plusieurs reprises sans m'accorder la moindre importance, preuve que si la bite ne fait pas le moine, la calotte modifie son homme.

La môme rajuste son ras-la-moule. Elle est vêtue si court que si tu tires un fil de l'ourlet de sa jupe, tu risques de lui arracher un poil du cul.

La voyant traverser la place de l'Indépendance, je fais vrombir mon deux-roues et m'ébranle gentiment à ses basques. Elle passe devant la librairie Clairafrique, grande pourvoyeuse de San-Antonio et autres lectures de qualité, et emmanche (sorte de revanche pour elle) les Allées du Chaman-Delmas.

Elle descend l'artère en direction de l'Hôtel de Ville et de l'embarcadère pour Gorée où d'immondes gorets, il n'y a pas si longtemps encore, expédiaient à fond de cale des esclaves à destination des Amériques. A présent, cette île fleurie est devenue le Saint-Trop' des fort thunés de la région. Ô tempora ! ô mauresques !

L'anse de son sac pendulant à la pliure du coude, la greluche déambule comme toutes les filles de rue rentrant filer la comptée à leur mac.

Peu avant le port, elle bifurque dans l'impasse Félix-Soubeiga.

J'hésite à m'y engager, par crainte de me faire repérer, lorsque, surgissant d'un immeuble lépreux, le marmot collecteur de médicaments rafle le sac de la fille et cavale vers le bas bout de la ruelle. Pleins gaz, je fonce et rattrape le petit Black à l'instant où il enjambe une palissade. Je saute de la mob et l'empoigne par un pied. Il me flanque un coup d'Adidas qui m'expulse de mon polygone de sustentation, mais en m'arc-boutant je parviens à m'accrocher au sac arraché à la pute-gouine. Fuyant comme un suppositoire entamé – ou comme les roberts de ta tante Josiane, la laine vierge d'une brebis en butte aux assiduités de son pasteur, un Dard devant un travelo obaise, un abricot nubile à l'âge des premières amours, la guibole d'un gosse irakien sur une mine antipersonnelle, une brochette de Chamallow au barbecue, une rasade de juliénas dans le gosier de Béru, ta bite devant ta femme, ta femme devant ta bite, etc. – le gamin s'esbigne en m'abandonnant son larcin.

N'est-ce point l'essentiel, Marcel ? Hélas, *niet* !

Tu vas pas me croire : le fourre-tout est un fourre-rien ! *Nothing inside !* Pas même un caramel, un Kleenex ou un préservatif !

Renonçant à la bécane, je fais demi-tour sur mes cannes pour rattraper la pétasse. Mais elle n'a pas été loin, la pauvrette ! Je la retrouve allongée sur le trottoir, la minijupaille troussée jusqu'à la taille, un coutelas fiché sous le nichon gauche.

Franco, elle fait encore plus pute morte que vive. Je me penche sur elle, non dans le but de lui porter secours, vu que seul l'Éternel pourrait à la rigueur y mettre son grain de sel, mais pour ramasser un téléphone mobile qu'elle tient serré dans sa paume et qui s'est mis à grésiller comme par enchantement.

Une voix dans les graves africains, déformée par l'application d'un mouchoir (ou par un entonnoir, mais l'ustensile est plus rare en ville), s'infiltre dans mon conduit à balourdises :

« Vous n'allez pas obéir à ces Pieds-Nickelés et rentrer en France, commissaire ? Songez à votre ami Mathias qui se languit de vous au pays de la Pierre Noire ! »

Clic ! Déjà raccroché.

C'est clair : si certains souhaitent mon départ, d'autres ont envie que je reste.

Dans le menu « journal » de l'appareil, je cherche immédiatement le numéro qui vient de m'appeler. Il s'inscrit avec des étoiles. Non identifié : *in the baba !*

Histoire de vérifier si le bigophone marche dans les deux sens, je compose à tout hasard un numéro en France. Après quelques stridences, l'organe malveillant de Berthe Bérurier m'invective :

– Si c'est z'encore toi qui m'harcelle, Alexandre, juste au moment qu'Alfred et son shampouineur allaient m'faire jouir, c'est d'mauvais goût !

Seigneur ! La vie aurait-elle donc encore cours quelque part sur cette planète ?

*« Ce ne sont pas toujours les meilleurs qui s'en vont. »*
LE SCARABÉE.

# 6

# L'image de la mort

*Mardi 8 avril, 7 heures.*
*4 jours et 10 heures avant l'exécution du traître.*

Un gobelet de café fumant entre les pognes, assis à l'écart dans la salle d'embarquement, j'admire, à travers la baie vitrée, les flamboyants pourprés qu'embrase le soleil levant.

Je gamberge sur la combine échafaudée par Gwyneth. Elle est si simple et imparable que je répugne à te la dévoiler, craignant que des malveillants se l'accaparent et l'utilisent à des fins onze-septembresques. Cela dit, si cette astuce a pu germer sous la coiffe d'une hôtesse de l'air, elle pourra tout aussi bien croître et prospérer dans la barbiche d'un Ben Laden. Et vu le prix que t'as craché pour ce bouquin, je n'ai pas de raisons de te faire des cachoteries.

Écoute-moi bien, je ne répéterai pas : Miss Mabrought m'a demandé d'acheter un billet pour un autre vol partant une heure après celui de la Manhattan Airways et depuis la même salle d'embarquement. En l'occurrence, il s'agit d'un bifton de la Cash Air à destination de La Mecque.

Tu me suis ? Avec ce ticket et mon passeport, je franchis la douane sans concombre et me retrouve dans la salle de départ commune aux deux vols. Une précision, à toi le puriste du polar : j'ai abandonné le pétard piqué au flic faux-monnayeur dans un endroit connu de moi seul et le récupérerai à bon escient et pour ta plus grande surprise. *Fouette dent de scie !*

Mais revenons-en au *direct live.* Un jingle cul-cul précède l'annonce de l'embarquement immédiat pour Nouille-York, via Paris. Plusieurs familles de Noirs flanquées de mouflets agités se précipitent vers le tourniquet, suivies par quelques hommes d'affaires non chalands et blasés. Trois marmots moins bien éducationnés que des phacochères me piétinent les ribouis. Je me retiens de les avoiner.

Suivant les instructions reçues, je me présente après le dernier passager. Gwyneth fait mine d'enregistrer ma carte et me demande de la suivre.

Tu as pigé, Gégé ? Officiellement, l'hôtesse de la Manhattan aura son juste compte de passagers. Moi, j'aurai tout le temps d'annuler mon vol pour La Mecque et l'incident sera clos. Je serai resté à Dakar tout en ayant donné l'illusion à mes adversaires d'avoir quitté le sol sénégalais. Ils ne doivent d'ailleurs pas être loin, ces zèbres. Je me retourne et les discerne derrière une vitre du hall principal.

N'a-qu'un-n'œil m'adresse un signe de la main, le Niakoué reste imperturbable et Fiarko m'envoie un petit baiser avec son fume-cigare. Je leur réponds en brandissant mon doigt central.

Miss Mabrought m'invite à emprunter le corridor accordéon conduisant à l'avion. Nous parvenons à un coude à angle droit. Elle me désigne une porte théoriquement condamnée, qu'elle ouvre avec un passe.

– L'échelle de secours, me chuchote-t-elle.

Descendez vite. Le bagagiste et le responsable de piste ont été soudoyés. Ils feront comme s'ils vous avaient vu embarquer et vous ramèneront discrètement dans le hall.

– Merci.

Je dévale rapidement les degrés de l'escadrin. Tu veux que je te confie l'à quel point je suis incorrigible ? Bien que sachant l'hôtesse gouine à bouffer sa moquette et gainée d'un collant opaque, je ne puis me priver d'un regard alléché sur son prose tandis qu'elle referme la lourde.

Je déboule sur le tarmac, protégé des regards par l'aile du zinc.

Deux malabars tendance chocolat amer me réceptionnent. Pas loisir d'esquisser un geste. L'un des gorilles me coince les avant-bras en arrière tandis que son pote m'assène un perfide coup de clé anglaise sur la tempe.

Il n'a pas crié gare, seulement mes réflexes sont plus affûtés que la biroute d'un ortolan voulant niquer son ortolane. Sans esquiver l'assaut, disons que je l'accompagne. Le coup de bambou m'allume un feu d'artifice dans la théière sans pour autant me faire perdre connaissance. Je feins de m'effondrer d'un bloc, chiquant les inconscients.

Le zigue laisse alors choir son arme et va aider son pote à dégager la passerelle mobile. D'un bref message radio, ils informent le pilote que la voie est libre.

Puis les deux salopards s'emparent d'une corde d'alpiniste et reviennent vers moi, bien décidés à me saucissonner.

La tronche en gyroscope, à plat ventre sur le bitume, je remarque deux choses : la clé anglaise qui me tend le bras, et un mini pick-up au plateau lesté d'une caisse noire qui passe à quelques mètres de là.

D'une reptation d'alligator, je parviens à agripper l'outil d'acier. Déjà mes bourreaux rappliquent. Je ne me sens pas de taille à les affronter, tant ma vision vacille et mes muscles défaillent. Je roule sur le dos, rassemble toute mon énergie et balance la clé anglaise en direction du pick-up, espérant ainsi attirer l'attention du chauffeur, un Black en combinaison white.

L'instrument tournoie dans les airs, mais j'ai présumé de mes forces : il n'atteint pas le pare-brise comme je l'escomptais. Il frappe le sol bien avant, fuse sur le bitume, rebondit et va s'encastrer dans l'enjoliveur d'une roue avant du petit véhicule. Sous l'impact, le pick-up zigzague, tangue et la caisse noire, déséquilibrée, bascule et s'éventre au sol. Le conducteur sort en rouscaillant.

Un sévère coup de pied dans les côtes met fin à mon baroud. Le plus balèze m'alpague par le collet et me soulève. Son sourire se fige, son regard se vitrifie. Sa peau anthracite vire au gris d'un tableau d'ardoise mal effacé des graffitis crayeux d'un cancre. Le gars me relâche, effaré :

– *Niapa n'dem !* lance-t-il au ciel. Bordel de merde ! *Niapa n'dem !* Ce sont les âmes des morts qui reviennent !

Que je te la baille bellissime, mon bêlant : de la caisse éventrée s'échappe une compagnie de chauves-souris qui fondent avec hargne sur tout ce qui bouge.

Mes agresseurs se sauvent, bientôt rejoints par le conducteur du pick-up, en débitant des psaumes de contrition.

– C'est pour nous punir ! se lamente l'un des truands. On n'aurait pas dû accepter l'argent !

– J'ai toujours été un salaud, je confesse !

– Méat cul pas ! Je regrette d'avoir enculé ma petite sœur !

Brusquement, les vampires se déchaînent et s'attaquent sauvagement aux trois hommes, s'accrochant à leurs cheveux crépus, les griffant, les mordant au visage. Leur harde poursuit les pauvres diables hurlants et sanguinolents. Terrifiante est la vision de ces mammifères volants, subitement enragés, démons ivres d'hémoglobine, dépiautant, écorchant, éviscérant leurs proies.

Je parviens à me relever et à me carapater jusqu'à la cabine du pick-up où je me cloître.

Le mugissement des réacteurs fait trembler l'air et le sol. Le Boeing s'ébranle. Effrayés, les vampires délaissent leur pitance et s'envolent en couinant. Ne subsistent des trois employés que quelques ossements et des lambeaux de vêtements peu digestes.

Je suis abasourdi. Vais-je encore m'éveiller comme au petit matin d'hier juste avant l'atterrissage ?

Non ! Cette fois, je ne vis pas un cauchemar, mais une atroce réalité.

L'avion s'éloigne et s'en va rejoindre à petits pas la piste d'envol.

Je tourne la clé du pick-up et embraye en direction de l'aérogare. Manga-le-borgne, Fiarko-la-fiote et le reste de la clique me croient hors d'état de nuire. Il s'agit de profiter de ce coup d'avance. Et je sais jouer, quand j'ai la main.

Tout en fonçant vers le terminal, je regarde décoller le Boeing de la Manhattan Airways. Pourquoi mon cœur se met-il à palpiter comme une grosse poire d'angoisse ? Je suis en train de vivre pour de bon mon mauvais rêve. Avec ces chauves-souris qui m'ont sauvé, je me remémore aussi le funeste pressentiment que j'ai éprouvé en regardant l'hôtesse s'éloigner dans la travée, tout comme je regarde à présent s'envoler l'avion du retour.

Une boule de feu dévore le ciel et, trois secondes plus tard, me parvient l'écho de l'explosion.

Je demeure sans réaction. Je savais sans savoir, comme on sait en Afrique.

Des débris du Boeing retombent en grêle sur l'aéroport tandis que la carlingue déchiquetée fuse en labourant la terre. Elle achève son sprint final contre un bâtiment désaffecté où elle finit de se consumer.

Des sirènes hululent d'un peu partout.

J'ai une pensée pour Miss Mabrought, pour les passagers et surtout pour les trois petits phacochères que j'ai failli baffer. Ils avaient envie de bouffer la vie à belles quenottes, c'est la mort qui n'en a fait qu'une bouchée. Pas si sûr qu'ils aient perdu au change, à terme.

Mais ça me chagrine que tous ces gens soient cannés par ma faute, car douteras-tu une seule seconde que j'étais personnellement visé par l'attentat ?

*« Il arrive que nos sens abusent notre conscience. »*

LE SCARABÉE.

# 7

# Mes hommages à la donzelle

*Mardi 8 avril, 18 heures.*
*3 jours et 23 heures avant l'exécution du traître.*

– Vous auriez pu faire le lit, quand même !

Le groom prend la couleur du charbon qu'on tisonne, et fond en excuses.

– Je suis désolément navré. Je vais appeler une femme de chambre, Mademoiselle...

– Madame ! rectifie la fille. J'ai trente-cinq ans, je suis vaccinée contre la variole et le phylloxéra, deux fois mariée, une fois divorcée et belge, alors j'estime qu'on peut me dire « Madame », une fois.

– Bien, Madame.

– Déguerpissez !

– Oui, Mademoiselle.

– Je vous ai dit de m'appeler « Madame » !

– Vous m'avez dit de vous appeler Madame « une fois ». Je fais comment, la deuxième ?

La fille sort une coupure de son sac et le tend au jeune Black.

– Tiens, petit, je plaisantais, une fois... J'veux dire : je plaisantais deux fois, trois fois, et même mille fois ! Allez, allez, c'est bon, j'arrangerai le lit moi-même. Fiche le camp, j'ai besoin de prendre un bain.

Nouvelle déconvenue : la baignoire est pleine à ras bord d'une eau moussante dans les tons bleu-vert des mers du Sud. Mademoiselle Madame tourne la bonde d'un geste agacé. Pour un quatre étoiles, l'hôtel Parallèle de l'aéroport Senghor manque vraiment à toutes ses prestations ! Bien sûr, le terrible accident qui s'est produit dans la matinée sur le tarmac peut expliquer un certain désordre dans le service, mais enfin, une fois !

Pendant que l'eau du bain se vide, la jeune femme se déshabille avec la prestesse d'une effeuilleuse de peep-show.

Un œil de caïman louchant au travers de la mousse légère apprécie le spectacle à sa juste valeur. La fille appartient à l'ordre des petites femelles bien proportionnées, un rien exotique, avec une sérieuse paire de roberts contrebalançant un derche joliment pommé. La chevelure est courte, drue, de cette coloration auburn qui interpelle les tiennes.

Le regard, entre émeraude et jade, te chatouille les pendeloques ; la peau, couleur cannelle, satine de sensualité ; quant au minou, par sa densité bouclée, il évoque certaines chicorées italiennes dont on ne se lasse jamais, nous les amateurs de salade frisée.

Dire que tant de gonzesses croient judicieux de se ratiboiser le maillot ! Pauvres d'elles et des prétendus mâles qui les cornaquent ! Chaque coup de rasoir, chaque couche de cire à épiler sur un mont de Vénus sont autant d'atteintes à la féminité. Le jour où les guenons se tondront la foune, leurs orangs-outans iront se taper des noix de coco avec la bourre qui les entoure.

Le niveau déclinant dans la baignoire laisse apparaître un visage sublime, des épaules carrées, suivies d'un torse surathlétique, le tout pétillant de fines bulles savonneuses.

– Qui êtes-vous ? s'enquiert la fille nue, sans trop s'offusquer.

– Moi ! réponds-je avec la franchise qui me caractérise.

– Je vois bien que c'est vous, mais vous qui ?

– Le locataire de cette chambre, répliqué-je, sachant qu'un bon mensonge vaut mieux qu'une piètre vérité.

– Je crois comprendre, suggère la jolie Belge en caressant l'aréole de son sein droit ; ils ont loué la chambre deux fois, une fois.

– Sans doute, admets-je.

La réalité vraie, je te la livre sans jambages, ni ramage ni plumage.

Mettant à profit la panique consécutive au crash, j'ai réussi à m'échapper du terminal. Mais j'ai vite pigé qu'il me serait difficile de quitter l'enceinte de l'aéroport, verrouillée par les forces de police avec un zèle voisin de l'hystérie. Alors je me suis rabattu sur l'hôtel le plus proche, en la circonstance le Parallèle-Dakar, la première urgence étant de planquer mes os.

Impossible de louer une piaule sans présenter mes fafs, donc de me livrer tout chaud tout cuit à mes ennemis. J'ai repéré une chambre vacante au sixième étage et m'y suis introduit en crochetant la serrure à l'aide de mon sésame dont tu ne me feras pas l'injure de penser, Ducon pur jus, que j'eusse pu l'oublier.

Dans l'idéal, j'espérais passer là une journée tranquille, car les heures prochaines, tu verras, nous vaudront quelques surprises.

Au pire, je voyais bien débarquer un VRP international dont j'aurais chouré les fringues et le passeport après l'avoir aimablement estourbi.

Pourquoi a-t-il fallu qu'une aussi ravissante créature (son vallon velu et son parler wallon inclus) vienne empiéter sur mon espace vital ?

– Ce n'est pas grave, fait la fille. On va appeler la réception pour régler ce petit problème, une fois, n'est-ce pas ?...

Elle se tient soudain coite. L'évasion de l'eau du bain a laissé apparaître mon prépuce de Louxor, prolongé d'un respectable tronçon de la colonne Vendôme. Tu sais l'effet que me font les gonzesses à loilpé ?

– Remarquez, enchaîne-t-elle, avec tous les soucis qu'ils ont en ce moment, on pourrait peut-être s'organiser entre nous. En tout bien tout honneur, une fois...

Sa phrase à peine achevée, elle plonge dans la baignoire, me chope la chopine et embouche le chef du Mont-Chauve.

Elle m'enfourne avec tant de fougue que, modestie à part, je redoute de lui démanteler la glotte. Mais sa capacité me laisse pantois. Tout juste si elle ne m'engloutit pas les roustons avec. Elle bave et bulle bien plus que la mousse Ushuaia, en émettant des clapotis et des gargouillis d'extase.

Non ! Ne me taxe ni de macho ni de miso sous prétexte que je me laisse turluter ! Tu ferais quoi, à ma place ?

Une heure plus tard, la cohabitation est entérinée, la baignoire descellée, le rideau de douche en confettis, la table de chevet en fagots, le pucier en bataille et mon cœur en chamade.

Alizée, c'est son prénom, récuse les orgasmes supplémentaires, et moi j'ai l'impression qu'elle m'a retroussé comme une chaussette dont on aperçoit les coutures.

Je sais tout d'elle, ou presque. Elle se nomme Van de Traupijk par son dernier mari. Née à Bruxelles, de père *british* et de mère hindoue, elle pratique le noble art de la climatologie sub-saharienne. Dépêchée par une ONG pour étudier la sécheresse qui vient subitement de s'aggraver, elle s'apprête à partir en brousse.

– D'après mes renseignements, le manque d'eau est si cruel dans le Sud-Est que même les escargots ne savent plus baver, une fois.

Je rumine, évoquant Mathias, disparu précisément dans cette région du Sénégal et soi-disant réapparu d'un coup de braguette magique.

Alizée se blottit contre moi.

– Je suis en train de tomber amoureuse, minaude-t-elle. Si tu m'accompagnais dans l'intérieur des terres ?

Bizarre, je m'apprêtais à sécréter la même suggestion. Non que mon cœur se soit mis à palpiter plus longtemps pour elle, vu qu'en amour je suis un éphémère, tu sais, ces insectes virevoltants qui ne vivent qu'une journée mais se font chier un siècle, comme tout le monde, sauf quand ils s'écrasent tout jeunes sur ton pare-brise. Mais cette gonze ès sciences pourrait constituer une intéressante couverture pour un discret périple en brousse.

Enlacé tel un vieux couple, on regarde la télé en se grugeant et se papouillant les muqueuses.

Les programmes locaux, tu t'en doutes, sont entièrement consacrés à la catastrophe aérienne dont :

– « *tout concourt à dire qu'il s'agirait d'un attentat.* »

– « *selon des sources bien informées, l'éventualité d'un acte criminel ne saurait être écartée.* »

– « *les premiers éléments de l'enquête ne laissent guère de place à la thèse de l'accident.* »

– « *dans les milieux autorisés, on incline à pencher pour une cause non fortuite.* »

A toi de choisir ta chaîne et ta formule, ou d'imaginer encore plus naze, si tu rêves de devenir vizir à la place du grand vizir de 20 heures.

Un présentateur décrêpé-javellisé préférant sans doute se fourrer un micro ailleurs que dans le nez, balance un scoop : l'arrivée imminente sur les lieux du drame du ministre de l'Intérieur en personne, Son Excellence Jérémie Blanc.

Jérémie (ou parfois Jérémy, ça dépend de mon humeur), mon Négus, mon Égo, mon Égal, ma Fleur de Havane, mon Schwartz des Savanes, mon Colored Man, mon Grand Primate de Gaule, mon Jack Pot, mon Black Pote, mon

Bronzant, mon Gros Zan, mon Tarzan, mon Frisé, mon Chien-panzé, mon Sombre, mon Ombre, mon Ami, mon Vendredi, lui par qui toute cette mouscaille vient d'arriver, lui à deux pas de mes dix doigts, comment ne pas tenter de le rencontrer ?

Je coupe la téloche d'un pouce supersonique à l'instant où le présentarlouze annonce que parmi les victimes on déplore le trépas de l'inénarrable (*sic*) commissaire San-Antonio dont voici que voilà la photo. Te rassurerai-je-tu en t'avouant que j'ai déjà averti Félicie, ma brave femme de mère, de ma non-mort et de ma bien-portance ?

En toute hâte je concocte un cocktail décapant à l'intention de ma belle Alizée alitée. Je te file la recette, à toutes faims et soifs utiles : 1/3 campari, 1/3 gin, 1/3 whisky, 1/3 calva, 1/3 amaretto, 1/3 cognac, 1/3 curaçao, 1/3 tequila, 1/3 pastis, 1/3 armagnac, 1/3 chartreuse, 1/3 kirsch, 1/3 malibu, 1/3 rhum brun, 1/3 suze, 1/3 martini dry, 1/3 crème de cassis, 1/3 cointreau, 1/3 rhum blanc, 1/3 liqueur de café, 1/3 vodka, agiter et compléter avec du champagne, du jus de tomate et un doigt de crème fraîche.

Toutes les mignonnettes du frigo y passent. Nous trinquons. Ses yeux pers et persans me transpercent le sang et les sens. Elle pompe deux gorgées et s'endort aussi sec en travers du plumard. Son rictus laisse présager des lendemains qui déchantent au-dessus des lavabos.

Pour passer inaperçu, mieux vaut attirer l'œil. Les hurluberlus, farfelus, saugrenus, loufoques, baroques, brindzingues et foldingues agacent la populace, c'est vrai, mais n'engendrent pas la suspiscion.

Dans les valbombes d'Alizée, je dégotte de quoi changer à nouveau mon look.

J'humecte ma toison, l'ébouriffe, l'hirsute en mèches pétardières, laque et gomine le tout. Je me cloque une boucle d'oreille sur le lobe droit, me chausse le naze d'une paires de lunettes aux forme et couleurs de papillon exotique, et m'affuble d'une ample blouse de soie imprimée de nénuphars mauves.

Dans le hall de l'hôtel, Nul[1] ne me remarque. Je grimpe dans une navette qui me dépose ni

1. Tu sais, le mec qui ressemble à Personne et un tantinet à Tout-le-monde sans tenir de Qui-que-ce-soit.

vu ni connu, trois minutes plus tard, devant le terminal de l'aérogare.

Là, c'est l'agitation. Les flics sont sur le pied de guerre. Les reporters astiquent leurs Nikon. Les touristes en stand-by déambulent, fébriles, engueulant leurs mégères et claquant leurs gamins. Il y a de l'électricité dans l'air.

L'info circule en ondulant comme une ola : le ministre arrive ! le ministre arrive !

Je repère un correspondant de presse pressé de se rendre aux goguemuches. Je l'y suis. Un éclair s'ensuit et je ressors lesté de son matos. Quand il récupérera ses esprits, il se demandera longtemps pourquoi il était en train de boire dans la cuvette des cagoinces.

Je rejoins la meute journaleuse, m'y agglomère, me fonds dans la masse. Les objectifs sont braqués sur une porte en glace fumée d'où devrait surgir la vedette de la soirée, le très populaire ministre de l'Intérieur.

Mon cervelet part en trompette, kaléidoscopant les événements des dernières heures. Je revois le Suiffeux, ses faux talbins, sa coquille qui éclate, Manga-à-l'œil-cousu, l'hôtesse gougnote, sa pute morte dans l'impasse, le bal des vampires, l'explosion de l'avion... Tout ça à la page 76, je me fous vraiment pas de ta gueule, reconnais ?

Il va falloir se la jouer légère, crois-moi, car Fiarko m'a prévenu : toute tentative d'entrer en contact avec Jérémie signerait son arrêt de mort. Risqué de se hasarder sur le passage de mon cher Blanc-en-neige, mais j'ai trop besoin de comprendre.

Ne serais-je-tu pas manipulé depuis le tout début de cette histoire ? Si Jérémie est véritablement menacé, je le saurai rien qu'en croisant son regard.

Un brouhaha, les caméras ronflent, les flashes fulgurent, et il paraît, plus majestueusement m'as-tu-vu que jamais. Costard gris perlouze, chemise Mao dans les topaze, calotte rouge Banania sur le bocal, Jérémie lève les palmes pour implorer le calme.

– Mesdames, messieurs, un peu de silence, s'il vous plaît, lance-t-il d'une voix de coq ampoulé que je ne lui connaissais pas. Notre gouvernement a toujours privilégié la transparence et, bien que l'enquête sur cette épouvantable tragédie ne fasse que commencer, et que les boîtes noires n'aient pas encore livré leur secret, il est d'ores et déjà permis de penser qu'un groupe terroriste acharné contre les intérêts américains de par le monde est responsable de l'explosion du Boeing de la Manhattan Airways...

Qu'il dégringole d'un cocotier ou sorte de la cuisine à Madame Thatcher, sitôt que tu lui confies une once de pouvoir, l'homme fausse compagnie à son destin comme l'insecte à son cocon.

Lui pousse illico les ailes de l'ambition, les élytres de l'orgueil, les mandibules de la tyrannie, les pinces sans rire de la certitude, de la bien-pensance, de la morgue, du je-vous-ai-compris, le rostre de la gloriole et du mépris.

La chrysalide brûlant les étapes de la nombrilogenèse, la larve se fait lion sur-le-champ.

Pauvres cons ! Pas un qui échappe à la malédiction des honneurs. Un bout de ruban, une promesse, l'amorce d'un chant patriotique, le claquement d'un drapeau, une médaille poitraillée, un diplôme, un galon, un grade, une promotion, une nomination, et les voilà tous au garde-à-vous mental, prêts à verser leur sang très pur pour la partie en cours, et même à applaudir des Nègres en bleu pour peu qu'ils se remettent à marquer.

Tu les feras défiler pour les plus nobles causes à condition qu'ils soient filmés, reconnus, honorés. Mais va leur faire cracher un peu de leur fric en échange d'une vie qui ne les concerne pas ! Attends qu'ils hébergent un de ces SDF sur l'existence desquels ils larmoient !

En écoutant Jérémie, je suis comme deux ronds de crème brûlée à le voir patauger dans les miasmes de la vanité. Lui qui, bac plus des brouettes au Sénégal, torchait nos poubelles parisiennes ! Lui dont j'ai fait un flic de très haut vol et mon principal collaborateur – avec Béru, œuf corse. Lui, que son pays vient d'appeler à de hautes fonctions, en serait-il venu, comme le commun des connards, à se laisser submerger par la fatuité que confère le faîte du pouvoir ? J'ai l'impression qu'il plagie les despotes de son rang pour mieux donner le change. Mais imiter un salaud, n'est-ce pas déjà coucher dans son fumier ?

Parmi la troupe de ses sbires, je repère Manga et Pi So Li (finalement, c'est plus marant que Pi So Po) qui se tiennent deux rangs en retrait.

– Ma pensée va tout d'abord aux victimes et à leurs familles, poursuit le Mâchuré, dont je ne prends plus la peine d'esgourder la lénifiante logorrhée.

Je suis obnubilé par l'absence de Fiarko aux côtés du borgne, car je pressens sa présence sans pourtant la percevoir.

Manière d'attirer l'attention de Jérémie, je libère un coup de flash incongru qui soulève un tollé. Mon Bougne favori n'a rien perdu de sa vivacité poulardière. Il me localise dans la foule, me reconnaît malgré ma déguisance, et pointe un doigt dans ma direction.

– Arrêtez cet homme ! hurle-t-il. C'est un terroriste !

Mon plus proche voisin, semi-Black guindé, genre mulâtre-de-Tassigny, me considère avec réprobation. Une pastille rouge vient lui décorer le front. Sa mâchoire se crispe et il s'écroule à mes pieds, plus mort que le trisaïeul d'Alexandre Dumas père.

*« Le vent n'arrête pas la mouche,*
*ni la mouche le vent. »*
LE SCARABÉE.

## 8

# La dragée haute

*Mardi 8 avril, 21 heures.*
*3 jours et 20 heures avant l'exécution du traître.*

Tandis que le tireur canarde la foule au petit malheur la chance, je pars en roulé-blackboulé, fauchant les jambes comme des quilles. Une douzaine de badauds trébuchent, entraînant d'autres dominos dans leur chute. Espérant rétablir la sérénité, flics et douaniers lâchent des rafales vers le ciel. Seulement le ciel est un plafond de stuc qui part en lambeaux et s'effondre sous la mitraille. Terrorisée, la meute reflue en braillant, abandonnant derrière elle quelques morts et des blessés aux membres hachés menu comme pour une fondue bourguignonne.

Profitant du tohu-bohu, je me laisse porter

jusqu'au centre du hall par la foule en panique. Sur son estrade de velours rouge, la bagnaise japonole en démo tourne toujours majestueusement, attendant le gogo qui crachera vingt ans de son salaire africain pour se la payer.

Profitant de la bousculade, je me coule sous le véhicule, m'aplatis, me caméléonne.

La houle hystérique déferle vers l'autre extrémité du terminal. Une certaine quiétude retombe soudain sur le secteur. Je me faufile alors à l'intérieur de la voiture et m'allonge au pied de la banquette arrière, plat ventre contre le châssis. Sous l'empire de la nécessité, la politique de l'autruche reste ma seule issue ici-bas, monseigneur.

Et tu sais quoi ? La viande finissant toujours par dominer l'intellect et triompher de la trouille, je m'endors.

Cette fois, je rêve à des trucs aussi voluptueux qu'un grain de cumin éclatant sous la dent. Une déesse nue sous un manteau de panthère s'allonge sur la banquette. Une femme drapée de voiles noirs, façon Belphégor en moins défraîchie, vient la rejoindre. Leurs ébats imaginaires alimentent mon songe et je me réveille tout à trac avec un trique d'enfer et damnation.

Il fait jour. Un gamin m'observe à travers la vitre de la bagnole. Je lui souris. Il me tire la langue. On croirait une fraise perdue dans une mousse au chocolat.

– Faut pas acheter cette voiture, p'pa ! dit-il à un individu dont je n'aperçois que les hanches.

– Pourquoi ? Elle est zolie, cette voiture ! objecte la silhouette.

– Ouais, mais y a un Blanc qui dort sur la moquette !

– Qu'est-ce que tu racontes, Abdou ? T'as mauvais la tête ! ajoute une voix féminine provenant d'un froufrou de satin chamarré.

– C'est vrai ! C'est vrai ! Regarde, m'man..., s'énerve le môme en me désignant. J'en veux pas, de cette voiture ! J'ai peur des Blancs.

Franchement, Dugland, tu serais rassuré, toi, en découvrant Mike Tyson couché sur ton paillasson ? Un mec avec des poils du cul plein la tronche, qui se maquille au brou de noix, se laisse pousser des limaces en lieu et place de lèvres, greffer des Ray-Ban sous les narines et qui bouffe les oreilles de ses collègues ?

Je le comprends, ce mouflet : les faces de mulot comme la tienne avec des cheveux rincés à l'huile de ricin, une peau de lait tournée et des bajoues en Chamallow, c'est pas trop ragoûtant non plus.

Je sais que t'as du mal à admettre que le racisme puisse fonctionner dans les deux sens. Par le passé, c'était plus simple : il y avait des fouets et des échines, des bottes et des culs. Les temps on changé, mon pote, faudra t'y faire. Aujourd'hui, on est forcément le bougnoule de quelqu'un, l'Afghan ou le Texan d'un autre.

Je me résigne à être débusqué lorsqu'une éclatante clameur fait résonner comme une conque le hall de l'aéroport.

– QUOI ! tonitrue une voix de stentor. Nos ancêt' se sont défoncé l'côlon pour vous apprend' la civilisation, et v'z'êtes mêm' pas capabs de m'servir un gorgeon d'picrate pour mon p'tit dèje ? Ah, elle est chouette, l'humanité !

BÉRU !

Un seul hêtre vous revient, et tout est reboisé.

Le centre d'attraction se trouvant déporté du côté de la cafétéria, je me redresse pour jeter un œil, et alors, mon fripon, je reçois le choc de l'après-guerre (la prochaine comprise) !

Majestueux, le Mastard porte un boubou vert,

jaune et rouge aux couleurs du Sénégal. Il arbore sur la tête un turban découpé dans un drap de lit encore plus sanieux que le torchon de M'sieur Rafat.

Tout l'aérogare fait cour autour de lui, les uns le prenant pour un véritable marabout (d'ficelle de bite de ch'val), les autres pour un barge authentique.

Sa frustration beaujolaise s'apaise lorsque le serveur finit par dénicher une poussiéreuse fiasque de cherry-brandy dans son arrière-bou-boutique. Le Gravos déplore devoir se la liche-trogner avec des pains au chocolat, mais, selon sa propre expression, « Faute de grivèlerie, on mange de la merde ! »

Voici qu'un personnage que je n'avais pas encore remarqué fend la foule. Il s'agit d'une femme revêtue du burqa, voile intégral et robe bleus, indispensable au bal des Petits Talibans.

La personne, dont on ne peut distinguer les traits derrière son grillage, se plante comme une furie devant Bérurier.

– Non, mais z'allez voir qui va se l'enquiller seulâbre, la boutanche, c't'endoffé ! qu'elle blatère, furibarde.

Sans le son (ni Dalida), auras-tu reconnu la doulce voix de l'ogresse bérurière, à savoir Berthe-aux-mille-pieds ?

– N'oublille pas que t'es musulwoman, tente de l'amadouer l'Innommable, et qu' si on t' surprendrait à picoler, on t'lapid'rait à coups d'caillasse, ma p'tite caille.

– La caille, elle t'emmanche ! rétorque du talc au trac Berthaga. Déjà qu'dans l'avion t'as becqueté ma porcif sous prétesqu' y avait du porc dans l'poisson ! Fumier !

Elle essaie d'arracher la fiasque à son époux, mais icelui résiste. La lutte est âpre. On croirait un Rosbif et un Toulousain en train de franchir les berges du rugby-con. Tante est si bien que la fiole, capitaine, se fracasse sur le carrelage. La fureur d'Alexandre-Benoît culmine vers des himalayas de haine.

– Grosse salope ! beugle-t-il en flanquant une baffe monumentale à sa mégère à travers son garde-manger de tulle bleu. T'es qu'une morue-zulmane ! Faudrait qu' t'apprenasses l'respect d'ton mâle, n'au lieu d'lu contester sa suprême assise !

L'instant d'intervenir intervient, n'est-il pas ?

Utilisant le portable récupéré dans la paume de la pute assassinée (*remember*, tête de nœud !), je compose le numéro de Béru. La sonnerie retentit à la seconde où va partir une seconde beigne à destination de la Baleine. Le Mastodonte suspend son geste et farfouille dans les vagues de son boubou. Il finit par trouver le mobile, si frêle et incongru dans sa pogne de catcheur.

– Mouais ? C't'à quel sujet ?

– C'est moi, Alexandre ! soufflé-je.

– Où ce que t'es, Tonio ?

– Ne prononce pas de nom.

– Tu d'vais nous attend' dans le hall.

– J' y suis. Mais ça ne s'est pas déroulé comme prévu. Y a eu plus de morts qu'à Waterloo. Je t'avais demandé de la discrétion. Arrête d'avoiner ta Gravosse.

– T'as rien pigé. Ça fait une paye qu'on poireaute, moi z'et Berthe. Alors on s'chicane pour patienter.

– Pourquoi tu l'as déguisée en apicultrice afghane ?

– Tu m'as dit qu'le Sénégal, c'tait un pat'lin musulman. J'ai cru bien faire.

– T'as bien fait, le rasséréneige-d'antan. Regarde la bagnole qui tournicote comme un vinyle sur son plateau...

– Vu.

– Je suis dedans. Envoie Berthe naviguer dans les parages et arrange-toi pour monopoliser l'attention générale.

– Si je sors ma queue, ça pourrait faire la rue Michel ?

Ça l'a fait.

*« Le fort cache sa peur, le faible gâche son slip. »*
LE SCARABÉE (rurier).

# 9

# Maman, la dame fait rien qu'à me faire des choses

*L'impromptu de Berthe.*

« Si vous sauriez, bel Antoine, l'effet qu'vous m'faisez, d'vous sentir collé derrière moi ! Plaquez-vous mieux z'encore, sinon les gens vont croire qu'j'ai un gros cul sous ma rob' bleue. Allez, on marche au pas. La jamb' gauche en avant, puis la jamb' droite. En kadence : gôche, droite, gôche, droite.

« V'sentez comme on est bien encastrés, les deux ? On croirait qu'un culteur d'génie nous a fondus dans la même moule. Perdez pas l'rythme, j'voye des gens qui nous r'gardent. P't'ête qu' y z' apprécillent l'élégance de ma t'nue ou qu'y s'demandent si je serais pas une vedette qui veut passer incoquelicot. C'est vrai qu'le bourre-Q, ou K, j'sais plus, ça en jette !

« M' racontez pas qu' vous êtes insensib' à la poésie d'mon prose, vous mentirassiez ! Quèque chose qui s'enfle et qui durcit dans un calbar, c'est rarement une courgette pour ratatouille. Mais n'soyez pas confusé, c't'un réflesque naturel. Je connais l'effesse qu'je produis aux z'hommes avec un grand Z.

« J'vous sais trop gentelmane pour baiser la régulière d'vot'meilleur ami, même s'y s'agit d'un gros dégueulasse comme Béru. Tout c'que j'aimerais, c'est qu'vous m'la carriez dans l'oignon, l'temps qu'nous traversassions la raie au port et qu'mon n'époux louasse une bagnole. Ça serait ni vu ni cul nu ! Ni cocu, car m'dites pas qu'dans l'trouduc, ça compte comme dans la babasse ? Un thermomètre, un suppositoire, un toucher rectable, c'est pour du beurre, ça n'a jamais constiputé une tromperie, que j'eustache.

« Si vous préféreriez m'glisser un doigt, j'sus preneuse, rien qu'une phalange, mais faites un geste, mon Tonio ! Soyez z'humain. Que j'vous narrasse l'histoire de mon derche, et v' z'aurez plus aucun screw-pull !

« Mon petit trou, j'l'ai découvert le jour d'mes douze ans. J'veux dire qu'au paravent, y' fonctionnait qu'vers la sortie. C'jour-là, mon onc' Gédéon m'avait emmenée aux champignons. L'satyre puant et l'anamite phallocrate, z'avaient pas d'secrets pour lui. On v'nait d'remplir un plein panier d'bollets et d'girolles, lorsqu'l'orage a éclaté. On a couru s'réfugier dans une grange et tonton m'a séchée comme une pouliche a'ec d'la paille. Les éclairs, le tonnerre m'terroristaient.

« Gédéon m'a espliqué qu'pour éviter la foutre, fallait z'être en contact intime avec du bois. Il a attrapé un manche de pioche patiné par les ans et m'l'a enfoncé délicatement dans l'prosibus. J'étais rassurée.

« N'ensute, il a sorti son engin d' sa braguette. Je m'rappelle d'une grosse bitoune trapue et zébrée de varices, avec l'capuchon violacé comme une mit' d'évêque. Il s'astiquait en poussant des grognements de verrat. Moi, j'pensais à des décantations pour conjuguer le sort. Il a gueulé : "Cré bon diou, prends tout, salope !" en m'aspergeant l'visage et les ch'veux. Pis y s'est essuyé l'gland avec ma robe. En c'temps-là, les pédalophiles craignaient pas d'se faire gauler a'ec des analyses grammaticales : les spermes, on n'les différenciait qu'au goût !

« Y s'est rajusté, m'a r'tiré l'bâton, l'a reniflé, et on est rentrés. Y avait pourtant encore des éclairs. Ma mère m'a flanqué deux claques comme quoi on se mouche pas dans sa robe ! C'est ce qui m'a l'plus choquée d'ma première enculade : une baffe injustifiée.

« Peu d'temps z'après, j'suis tombée sur la nouvelle doctoresse du canton, une brune aux ch'veux courts maquée avec la prof de piano. On m'avait am'née dans son cabinet pour un mal de gorge. Elle m'a fait poser ma culotte, me mett' à quat' pattes, et m'a glissé sa langue dans l'fion en m'triturant le bigorneau jusqu'à ce qu'orgasse s'ensuive. Elle a trouvé que j'mouillais déjà bien pour mon âge et m'a dressé une ordonnance de bleu de p'tite laine cont' mon angine.

« Frêle jeun' fille naïve qu'j'étais z'alors, j'ai tout raconté à ma mère qui m'a giflé derechèvre en m'traitant de sale p'tite vicieuse. A partir de ce jour-là, j'ai compris qu'valait mieux n'pas causer d'ses mésaventures culières, et qu'après tout, d'où qu'on jouisse et de qui qu'ça vienne, l'essentiel est de prend' un bon panard.

« Vers mes quinze piges, j'm'ai vraiment fait déberlinguer par Jean-Franco, l'fils du crémier, un échalas un peu d'meuré qu'avait toujours la tringle. Dix-lexiques et zombidextre, y tapait pas forcément dans l'bon trou, mais ça m'convenait.

« L'espérience venant, comme tout' les femmes modernes de not' époque, je m'ai adonné aux doublettes, aux triplettes et aux sandwichs où c'que je faisais toujours l'jambon baisé.

« Et puis, de caraïbes en syllabes, j'sus tombée sur Bérurier. Devant sa queue d'âne, croilliez-moi, mon cul était puceau. Si je vous dirais, commissaire de mes rêves, tous les efforts d'alésage qu'il m'a falluce ! Rien qu' d'y penser, c'est beau, j'en pète encore... »

## 10

# Une seconde de toute beauté

*Jeudi 10 avril, 11 heures.*
*2 jours et 6 heures avant l'exécution du traître.*

Une porte ouverte, si elle permet le retour, autorise également l'évasion. Je me souviens, dans mes vertes années, d'un film de Laurel et Hardy démontrant au moustachu loucheur qui les persécutait l'efficacité de leur piège à souris.

Il suffisait de forer des trous dans le plancher et de disposer des cubes de fromage par en dessous. Les souris s'y enfouffraient pour tortorer le fromton. Oui, mais comment les empêcher de revenir ? Toute l'astuce était là : chaque trou était obstrué par un bouchon de liège.

Les cinéastes des années 50 étaient les dignes zhéritiers de l'impensé surréaliste. Nos politiques d'aujourd'hui, moulinés par Éléna et autres grandes Nicole, ne savent que cultiver l'irréalisme primaire. Alors on invente les centres de détention fermés pour jeunes délinquants. Et ça signifie quoi ? Qu'on a redécouvert les trous bouchés des films muets, les portes mal ouvertes ou mal fermées qui tarabustaient tant le cher Musset, dont tu as le bonjour au passage ?

Je songe à toutes ces choses futiles autant que primordiales en regardant la paille tressée qui barre l'entrée de ma case et qu'un vent sableux soulève par saccades. La natte s'écarte plus largement à l'intrusion de mon volumimeux Béru. Il a troqué son turban contre une chéchia bariolée. Fine cousette, Berthe a transformé son boubou en bermuda et casaque assortis. Le Gravos affiche le minois des jours sans.

– San-A, faut que j'te cause. V'là vingt-quatre plombes qu'on fait l'pied d'agrume en pleine cambrousse, dans un gourbi qu'on est les seuls clients, où c'que l'eau courante, c'est quand j'pisse, et pir'encore, où pour briffer, faut s'attraper des lézards, des saut'relles ou des cancrelats pour améliorer l'ordinaire ! Moi, l'manioc, j'en ai ras le soc ! Quant à mon épouse, con-affinée sous sa robe d'bonne sœur arabe, elle commence à sentir le lard rance et l'échalote moisie, c'qui pourrait affûter l'appétit d'mon gourdin, mais m'flanque du vague à l'âme au duo d'énormes.

– Assois-toi, Gros, dis-je en lui assignant un pouf dont le cuir de pécari angora chlingue déjà autant que le fondement qui s'apprête à l' aplatir.

Pouf ! fait le pouf sous la charge afin de justifier son appellation contrôlée.

L'Effroyable clappe à plusieurs reprises.

– T'aurais rien à boire, Tonio ?

– L'eau de mon verre à dents.

– Sans pastaga, j'voudrais pas t'priver. Bon. Si tu m'dirais c'qu'on maquille dans c'trou à scorpions ?

– Je réfléchis.

– T'es long à accoucher ! Et pis, tu pourrais pas réfléchir dans un pat'lin normal, a'ec des troquets, des triqueuses et des restos du cul ?

On se côtoie depuis assez longtemps, técolle et mézigue, pour que tu n'ignores point ce besoin impérieux qui m'anime parfois de résumer les chapitres précédents. Au début, je te l'avoue, j'exécutais cette tâche comme un pensum, craignant que le pois chiche qui ballotte et grelotte dans ta boîte crânienne ne te fasse perdre le fil à repriser de l'histoire. Le temps œuvrant, j'ai réalisé qu'aucun flic digne de ce nom ne pouvait se soustraire à cet exercice, figure imposée de la mûre réflexion et de la déduction.

– Jérémie Blanc, ministre de l'Intérieur du Sénégal, laisse un message sur mon portable, attaqué-je.

– Tu m'as d'jà bonni tout ça dix fois ! soupire le Mastodonte.

– Tu m'écouteras une onzième : je raconte jamais pareil.

– Si seul'ment j'aurais un truc à picoler... Y t'reste pas du parfum, par hasard ?

– T'as fini mon eau de toilette hier soir et mon aftershave au petit déjeuner. La laque de Berthe ?

– Un goût vanillé qui m'écœure ! Bon, ben, vas-y, j't'esgourde.

– Jérémie me lance un SOS. Mathias, son chef de la police, notre ex-collaborateur et ami...

– Surtout le tien ! relève l'Éternel Assoiffé, un tantinet jalmince. J'ai jamais plus blairer les rouqu'moutes !

– ... a disparu, poursuité-je. J'essaie de rappeler M. Blanc, mais son bigophone sonne toujours occupé. Alors je prends le premier zinc pour Dakar.

– Pourquoi t'est-ce qu'tu m'as pas filé un coup de turlu ?

– J'ai ! Mais y avait personne chez toi et ton portable était coupé.

– Exact ! admet l'Inadmissible. C'soir-là, on dînait a'ec un vieux copain veuf qu'avait un coup d'déprime. J'y ai r'monté l'moral et Berthie la queue.

– Je débarque donc à l'aéroport O'Cédar[1], poursuitu-je. Un *Nar* me fourgue...

– Un quoi ?

– Un *Nar* est un Sénégalais de la diaspora syrienne ou libanaise.

– Là, tu cherches à m'embrouscailler ?

– Disons un Blanc d'origine arabe.

– T'aurais dit un *Arlouf*, j'aurais entravé tout' suite.

– Comme un gland, je me laisse refiler de la

1. O'Cédar Senghor est un vieux joke que m'a confié, sous le seau à glace, un bon ami fourailleur sénégalais.

fausse monnaie par ce Suiffeux, enchaîné-je fondu. Un peu plus tard, je constate qu'il me mord les talons. Je lui tombe sur le paletot et commence à l'interviewer lorsqu'un mec à scooter rouge le flingue et s'évapore. Là se situe le premier hiatus.

– Je voye pas l'problème. Un complice vous file le train. Y con-se-tâte qu'tu cuisines son pote et l'dessoude pour pas qu'y cause.

– Pourquoi ne m'a-t-il pas buté aussi dans la foulée ?

– Un maladroit gauche !

– J'étais inratable, comme une vache dans un corridor ou toi dans une cabine téléphonique.

– Y a belle burette qu'j'ent' pus dans les cabinets filatéliques !

– Le Suiffeux était un flic véreux, un second couteau chargé de me mouiller dans un trafic minable pour me dégager de la piste.

– C'dont au sujet tu concluyes ?

– Qu'on ne l'a pas repassé pour le faire taire, mais pour m'aider à m'échapper.

– On aurait donc un n'aillé dans c'pays d'moricauds ?

– Possible.

– Alors y pourrait pas nous apporter un double maguenome d'ouisky et une caisse d'juliénas plutôt frais ?

– Tu lui demanderas quand tu le verras ! fais-je d'un ton exagacé.

– Scuze-moi d't'avoir interromppute, San-A.

– Jérémie me file un rendez-vous. Ce sont trois vilains qui rappliquent, un nègre borgne, un demi-chinago et un pédé blondâtre. Ces enfoirés ont manifestement prise sur le ministre et font pression sur moi pour que je quitte le Sénégal. Parallèlement, un autre type, l'assassin de la pute, m'enjoint de ne pas laisser tomber et de suivre la piste de Mathias.

– Et l'hôtesse gougnote qu' tu m'as parlé ?

– Miss Mabrought ? Je pense qu'elle m'a trahi, car deux vilains pas beaux m'attendaient au bas de l'échelle. J'ignore le sort qu'ils me réservaient, mais je dois ma liberté à une volée de chauves-souris géantes assoiffées de résiné.

– Ça exis', des bestioles pareilles ?

– Pas à ma connaissance. Sûrement une trituration de laboratoire. C'est le second bogue ! Quant au troisième...

– L'explosion du Bohinge ? coupe le Gravissime, témoignant de son attention et de son sens inné de la poulaillerie.

Il se dandine d'une fesse sur l'autre. Sa trogne rougeoie, les veines de son cou violinent. En vain. Son visage laisse transpirer l'effroi qu'on peut lire sur les traits de certaines gargouilles moyenâgeuses.

– C'est scientifiqu'ment prouvé, Tonio : quand on mange pas à sa faim, on pète plus à sa main !

L'imperturbabilité de mon regard le rappelle au devoir. Il se racle la gargante.

– N'en fête, tu t'perds en conjonctivite d'savoir si la bombe était pour ta gueule ou pas ?

– J'ai d'emblée pensé que l'attentat m'était destiné. Mais, au bout de quelques cogitations, j'ai acquis la conviction qu'il a été perpétré pour une tout autre cause et par des gens qui savaient que je ne me trouvais pas à bord de l'avion.

Tout à trac, Béru me tire une langue de dromadaire.

– Comment tu trouv' ma menteuse ?

– Surchargée, comme d'habitude.

– T'as pas l'impression qu'è se craquelle ?

– Ferme ton claque-merde, tu vas me faire gerber !

Alexandre-Benoît libère son pouf qui soupire d'aise. Gravissime, Elephant-man laisse tomber sa paluche sur mon épaule.

– Jure-moi un truc, San-A : si j' dois crever d'soif, tu m' flanqueras une bastos dans l'citron pour abreuver mes souffrances.

– Avec quelle arme, mon pauvre Béru ?

– M'dis pas qu'on s'dessèche dans ce paillasson d'savan' sans mêm' un calibre ?

– C'est pourtant la stricte vérité !

– T'espères quoi, d'la vie ? La mort ?

– Non, de la visite...

– D'la visite ? Au fin fond du trou du monde ?

– Nous ne sommes qu'à deux cents bornes de Dakar...

– A l'es' ou à l'oues' ?

– A l'est, dans le Siné-Kwanon. A l'ouest, on serait perdu en mer !

– Et t'attends qui, Auguste ?

– Sais pas.

– Tu m'prends pour un' bille ou t'as pété un câble ?

– Quand on lance une bouteille à la mer, on ne peut jamais présumer de qui va la ramasser.

Le Mastard me dévisage, encore plus inquiet que le professeur Saillant[1] se penchant sur la jambe brisée de Ronaldo[2].

– Tu viens d'me dir' qu'la mer, c'tait d' l'aut' côté. Comment t'as pu larguer une boutanche dans l'désert, surtout sans qu'on l'aye bue ?

– C'était une métaphore. J'ai lancé un appel grâce à ce téléphone...

Je lui brandis sous le tarin le portable de la pute à gousses (*remember*, sapeur !).

– Et ce téléphone, en le bidouillant, j'ai découvert qu'il était piégé.

– Un explosif ?

– Non. Une balise permettant de me localiser où que j'aille.

S'il te reste un demi-flan dans le caberlot, Jojo, tu te demandes comment se fait-ce qu'on ne me

1. Éminent spécialiste de traumatologie à la Piété-Salétripière.

2. Footballeur brésilien, champion du monde en 2002, 2006 et 2010. Je précise tout ça pour toi, lecteur des années 2030 qui aura tout oublié du passé, hormis ton immortel San-Antonio.

soit pas débarqué sur le râble du temps que je roupillais à l'aéroport dans la voiture d'exposition, puisque ce bigophone n'avait pas quitté ma poche ?

Moi z'aussi. Mais, j'ai la réponse : parce que les types qui me surveillent ne souhaitent pas m'éliminer. Et pis, au contraire, ces vaches veulent que je retrouve Mathias !

– Un truc que j'm'esplique pas, s'interroge le Cachalot Majeur : pourquoi t'est-ce que Jérémie t'a balancé comme terroriste ? D'accord, c'est un Négro, et ces gens-là sont pas assez bleus-blancs pou' qu'on leur accordasse confiance. M'enfin, y semblait t'aimer et t'vénérienne presque t'autant qu'moi...

– Il m'a sauvé la vie ! affirmé-je.

– En lançant tout' la volaille du secteur à tes trousses ?

– Affirmatif ! Il a dû repérer dans la foule un zigue prêt à me dégommer. La preuve, c'est que mon voisin s'est morflé un pruneau en pleine poire, et que quatre autres ont dégusté. Quant au plombeur zinguier, je suis prêt à parier que c'était Fiarko !

Béru se caresse la joue, produisant un bruit de varlope sur l'écorce d'un bois dur.

– Bien joué ! En criant harlem sur le bidet, Jérémie a provoqué un mouv'ment d'pas-nique dont t'as bénéficé.

– Lui, en revanche, est toujours en danger.

Le Gravos me réconforte par d'affectueuses bourrades de sa façon.

– Viens, Tonio, on va faire une virée chez l'épicemard. Paraît qu'on l'a livré en huile de coco, il a p't'ête aussi reçu un bidon d' vinaigre. 3,5°, c'est pas bézef, mais toujours mieux que rien...

Nous évacuons ma case et dirigeons nos pas vers le village, agglomérat de baraques de planches couvertes de tôles rouillées, disposées de guingois de part et d'autre de la piste. L'épicerie est une bicoque à peine plus vaste que la cabane au fond du jardin. On y vend un peu de tout et surtout rien. Les femmes y viennent acheter un verre d'huile pour la cuisine, quelques morceaux de sucre, un livre de Leuk-le-lièvre ; les hommes, deux cigarettes qu'ils paieront à crédit. On peut même réveiller le patron, la nuit, pour un demi-décilitre de lait quand bébé pleure.

Aujourd'hui, il brade quatre pneus que Béru identifie comme ceux de sa voiture de location, laquelle repose désormais sur les jantes.

Furibard, l'Hénaurme commence à rouscailler mais le taulier lui éclate de ris à la tomate en titubant dans son estanco.

– Il est bourré, ce con ! grogne mon Alexandre.

– Et alors, tu vas lui dresser procès-verbal ?

– Non, mais je veux savoir d'où qui tient sa biture.

– Vin de palme, *toubab* ! braille le type. Vin de palme !

– Attends ! s'insurge Bérurier. On fait du vin dans la région et personne me prévient ! ?

Sa répression serait notable s'il n'apercevait Berthe, de retour de promenade. Toujours vêtue de son voile intégral bleu, elle s'approche d'un pas pesant.

– R'garde-la ! s'attendrit le Pachyderme. Elle est épuisée n'à force d'étudier. Tu connais Diop, l'instit' en vacances, l'grand avec le zob qui lui dépasse en bas du short ; Berthe s'est entichée d'lui. Elle l'trouve très intelligent. Il lui enseigne les scarabées, les papillons d'nuit, les fleurs d'la brousse. Tout c'qui touche aux sciences naturelles, elle est partante, ma Gravosse. C'te femme-là, elle aurait passé son certificat des tubes, aujourd'hui elle pourrait z'être secrétaire d'étable ou une connerie dans l'genre !

Béru s'élance bras tendus vers sa laie d'azur.

Qu'alors, dans une nuée de poussière ocre, surgit un individu casqué, chevauchant un scooter rouge. Il sort un flingue prolongé d'un silencieux et arrose le burqa de Berthaga au niveau du bulbe rachidien avant de disparaître d'où il était venu.

Rouge plus bleu, ça fait violet, je t'apprends rien.

*« Ce n'est pas au cocon qu'on juge la chrysalide. »*

LE SCARABÉE.

# 11

# On t'enverra du monde

*Jeudi 10 avril, 12 heures.*
*2 jours et 5 heures avant l'exécution du traître.*

Chaque seconde que je vis est un instant soustrait au futur et additionné au passé. Ça s'appelle présent et c'est chiant à mourir. Alors, pour tromper cet ennui viscéral, depuis que je suis tout môme, je me raconte des histoires en essayant de me surprendre au chapitre suivant.

Et j'y arrive, parfois, tu vas voir...

L'ulurlement de Bérurier devant sa femme gisante fait dégringoler les singes des arbres, s'hara-kirier les scorpions et muer les crocodiles en mannequins de chez Hermès.

Le corps mourant soubresaute encore sous la robe bleue. Un dernier spasme retrousse le bas du vêtement, laissant paraître deux énormes pieds noirs et crasseux.

– C'est pas ma Berthe, beugle Béru éperdu de bonheur, c't'un Black !

Je me précipite pour l'aider à dépiauter le cadavre du burqa sanguinolent. Le mort est un gros type plus noir que l'ébène ou que le bénard du Mastard. Il tient crispée contre lui une carabine à canon scié et affiche un rictus de mec surpris de mourir à l'insu de son plein gré[1].

Je réalise qu'une seconde fois le flingueur au scooter vient de me sauver la mise. Pour qui roule-t-il, cet ange gardien ?

La première joie passée, Alexandre pose la question subsidiaire :

– M' alors, où c' qu'elle est, ma Gravosse ?

La réponse va lui être fournie par Diop qui radine avec une bosse déguisant son crêpage en tête de loup. Sa biroute dépasse toujours de son short, mais vers le haut, cette fois, et lui martèle le sternum. Il s'agenouille devant l'Abominable Homme des Sables.

– M'sieur Bérurier, c'est tragique ! Votre

1. Merci Richard, merci Laurent !

femme elle a été enlevée ! dit-il, roulant son accent peul.

– Qu'est-ce tu m'chantes ?

– La vérité d'Allah ! pleurniche le zigue, essayant de rengainer sa lance dans le bermuda. Je lui dispensais un cours d'entomologie non loin d'ici, dans la brousse. Comme il faisait très chaud, M'ame Berthe avait posé sa robe et était penchée en avant pour observer la métamorphose du termite ambidextre. Je me tenais derrière elle, tantôt à quarante centimètres, tantôt dix centimètres, quarante, dix, quarante, dix, ça dépendait...

– Tu m'passes les détails sabreux, macaque ! s'hérisse l'Irritable. Des centimètres, j'pourrais t'en r'vend' ! Où c'qu'est ma légitime ?

– Trois gus en treillis sont arrivés à bord d'une Jeep rouillée quatre cylindres, modèle 49...

– Abrège ! On va pas l'ach'ter...

– Ils ont kidnappé la malheureuse et m'ont estourbi. J'avais la tête qui tournait dans le sens contraire des aiguilles d'une montre, mais j'étais conscient. La Jeep est repartie en embarquant M'ame Berthe qui hurlait en se débattant...

– Une résistante, ma femme !

– Elle voulait juste que quelqu'un finisse de la besogner !

– C'que j'disais, grognonne Béru, quand elle a des z'idées z'en tête, les z'a pas t'ailleurs !

– Poursuivez ! commandé-je, manière de rappeler au lectorat que je suis l'auteur de cet intrépide s'rileur et en maîtrise le moindre alinéa.

– L'un des bandits était resté sur place. Il a enfilé la robe bleue pour vous duper et mieux vous buter. Il s'agit de l'homme qui est présentement positivement mort à vos pieds.

Petit à petit, les gens du bourg se massent autour de nous, les enfants d'abord, suivis des mères, des grands-parents, des pères, chacun à son pas, tous survenus de nulle part. Quelques chiens efflanqués viennent renifler le cadavre. Mouches et taons sont aussi du festin. Une grasse bleuâtre a élu domicile dans l'œil droit du macchabée et entreprend d'y loger sa future progéniture. Ne crois surtout pas qu'elle soit la première. Une douzaine d'autres variétés moins dégueuses d'aspect ont déjà ensemencé les viscères, et, d'ici peu, toute la tripaille grouillera d'asticots répugnants à notre gré, mais gouleyants au goût d'un goujon ou d'un piaf gourmand.

Je ne cherche pas à gâcher ton souper, mais à te faire prendre conscience de ton rôle dans le cycle du carbone. Toi qui as peur des araignées, des impôts, de la calvitie, de ton patron, des engelures, du gendarme, des ampoules aux pieds, des bronzés de la face, de ton ombre, de la Chine, de ta femme, des guêpes, de Virginia Woolf, du gaz de ville, des acouphènes, de la foudre, du vide, de l'acupuncture, des serpents à sonnette, de l'avion, de la noyade, des Afghans, des chiens de fusil, du travail en semaine, des rats et de tes sentiments, tu ne te rends même pas compte que des millions de bestioles colonisent ta viande et tes draps et n'attendent que ta première défaillance pour te réduire en lisier.

– C'est d'ta faute ! me reproche l'Effondré. T'aurais jamais duze garder c'bigophone qui permettasse d'nous localiser.

Je ne suis pas loin de me décerner le même carton jaune lorsqu'un vieillard d'environ trente-neuf ans et demi lance un youyou rituel entre ses chicots. Il désigne le mortibus.

– Youlouloulou !!! C'est un rebelle ! Il vient de la tribu des Vomaringos[1]. Regardez ! Il a un os de Kazisanzo dans l'oreille ! Chaque fois qu'un Vomaringo tue un Kazisanzo, la tribu adverse, il se plante une esquille de son tibia dans le lobe. Quand c'est l'inverse, le Kazisanzo se la fourre dans le nez. C'est rituel !

Les villageois confirment. Le déprofundi ressortit à une ethnie insurrectionnelle du sud-est du pays.

Depuis des chandelles (le lustre n'ayant pas encore été inventé dans la province), les Vomaringos se battent contre le gouvernement central, quel qu'il soit. Réfugiés aux confins du parc Kilégro Mont Kobra et du Foutre à D'jalon, ils ne cessent de harceler le pouvoir établi. Assoiffées et affamées, ces peuplades sont passées à l'action terroriste pour tenter d'attirer l'attention du monde sur leur détresse.

– Ils zigouillent les touristes mâles, précise

1. Il y a longtemps, t'en souvient-il, sur le même continent, j'eus maille à partir avec des Ossoboukos. C'est fou comme l'histoire se rabâche !

Diop, raptent leurs femmes et les violent jusqu'à ce que mort s'ensuive.

– Ma pauv' Berthie ! gémit Alexandre. Dire qu'j'l'ai entraînée moi-même dans cette galette ! Qu'est-ce que j'vais lu manquer quand elle sera décédée !

– En tout cas, ce rebelle ne comptait pas nous assassiner, dis-je en ouvrant la carabine. Le magasin est vide !

La survenance d'une camionnette jaune et bleu, bariolée de fresques et de graffitis, provoque la transhumance de l'attroupement vers la placette du bled. Les « Cars rapides » constituent l'attraction principale de ces villages reculés. Chacun va récupérer un colis, accueillir ou expédier un proche.

On se retrouve seuls, Béru et moi, en tête à tête avec le cadavre qu'une nuée d'insectes bourdonnants anime encore.

Débarqué du minibus, un enfant d'une dizaine d'années, coiffé d'un coquin chapeau de paille conique à croisillons rouges, nous aborde en agitant un coquet collier de coquillages.

– Grigri, Toubab ? Authentique porte-bonheur...

– Dégage, moustique ! le rabroue Sa Majesté.

– Si, si ! insiste le gamin. Achetez collier, missié Tonio et tonton Béru !

Je me baisse et découvre la frimousse du marmot.

– Capote-Trouée !

– Le fils à Jérémie ? dubite le Gros.

– Discrets, les croulants ! ronchonne le môme. Prenez le collier et filez-moi de la thune pour rentrer à Dakar.

Nous nous exécutons et regagnons la case des Bérurier, nantis de l'amulette.

– Si tu m'espliquais ? dit le Protubérant en s'effondrant sur son plumard, lequel s'effondre à son tour sans coup férir.

– T'expliquer quoi ?

– Pourquoi l' chiard du minis' de l'Internat en personne vinsse dans c'coin paumé pour nous fourguer un collier qu'ma Berthe, Dieu la préservative, oserait pas l'offrir à not' gardienne d'immob' ?

Il est vrai que le Gravos mérite quelques éclaircissements et toi itou.

– Dès notre arrivée ici, j'ai appelé Pinuche à Paris pour lui dire où on se trouvait. En argot pur fruit, je lui ai fait comprendre d'entrer discrètement en contact avec Jérémie afin qu'il nous informe tout aussi discrètement de la réalité de la situation. Et puis j'ai sollicité quelques menues infos dont on reparlera en temps utile... ou en Tanzanie, *chi lo sa* ?

– Bon, d'accord, ton truc a fonctionné, et le Négus nous a espédié son bout d' zan. Mais t'espère quoi, d'ces coquillages ? Entend' la mer ?

– Mieux que ça.

Je me dégodasse et fracasse un à un les coquillages avec le talon, libérant des petits papiers enroulés à l'intérieur. Les marabouts procèdent ainsi. Ils dissimulent des versets du Coran dans les méandres nacrés d'un bigorneau tropical pour lui conférer, paraît-il, les pouvoirs magiques d'un talisman. Le Coran, que Béru définit comme « la Bible avec de la semoule », sait composer avec l'animisme et le chamanisme quand il s'agit d'élargir sa clientèle. Pas si con que tu le dis, mon cher Houellebecq !

Je rassemble les messages écrits de la main de Jérémie. Les lis en apartheid :

*« Suis sous haute surveillance. Mathias toujours*

*absent. Est-il encore notre ami ? Crains une trahison. La Pierre Noire, pays vomaringo. Retourne en France, ou alors sois très prudent. Blanche-Neige.* »

– Quesque ça raconte ? interrogue l'Infâme.

En guise de réponse, je balance les débris de coquillages dans le chiotte à la turque de Béru, perturbant le menu dégustation d'un couple de rats musclés.

– On passe à l'attaque ! décidé-je.

– Pour libérer Berthe ?

– Entre autres.

– Comment qu'on y va ? Not' caisse n'a pu d'pneus.

– Suffit de les racheter à l'épicemard.

Le Gravos affiche une moue dépitée.

– On est vraiment des caves : v'nir s'dessécher en plein' brousse pour s'faire taxer comm' à La Courneuve !

*« Qui trop embrase, mal éteint. »*

LE SCARABÉE.

# 12

# Les scélérats

*Jeudi 10 avril, 13 heures.*
*2 jours et 4 heures avant l'exécution du traître.*

Le cerveau, à l'instar de la bite, ne s'use que si l'on ne s'en sert pas. Aussi, tout en roulant recta sur une piste au cordeau à travers une plaine poussiéreuse et quasi sans eau, djalonnée çà et parfois là de baobabs en guise de bornes, activé-je ma gamberge.

La circulanche ne risque pas de me perturber la pensarde, car en une heure je n'ai croisé qu'un 4×4 brimbalant et pourri, deux « Cars rapides » et un petit camion surchargé de ballots arrimés sur son toit.

Abuffli à mes côtés, Béru roupille, langue

pendante, en émettant un sifflement de bouilloire dont toute l'eau s'est évaporée.

Sur la banquette arrière, Diop lutte pied à pied contre la somnolence. L'instit', censé reprendre le boulot demain, s'est proposé, moyennant une obole, de nous servir de guide. De toute manière, ses élèves, des mal lotis de la banlieue dakaroise, ne s'apercevront guère de son absence, vu qu'ils passent le plus clair et même le plus obscur de leurs cours à shooter dans des boîtes de conserve ou à jouer au basket avec des noix de coco.

Dans ma Ford intérieure (il s'agit d'une vieille Taunus), je me dis que si Jérémie Blanc a pris le risque de nous envoyer Capote-Trouée, c'est qu'il n'a pas le choix et que toute sa nichée est sous menace.

La signature « Blanche Neige », joke privée et, par là, code secret entre nous deux, prouve qu'il n'a pas rédigé le message sous la contrainte. Dans cette dernière hypothèse, il aurait trouvé une signature passe-partout : Jérémie ou J.B.

Mathias nous trahit-il vraiment ? Le Rouquin s'est toujours montré un modèle de droiture, au point même de voter à droite tout en étant gaucher, c'est te dire. Peut-être est-il tombé lui aussi dans un traquenard ? Si je n'ai pas été éliminé jusqu'à présent, c'est qu'on entend également me manœuvrer. Qui et pourquoi ?

– Toi qui es maître d'école, Diop, as-tu déjà entendu parler d'une Pierre Noire, un lieu géographique ?

– Bien sûr : c'est une roche sacrée qui domine le pays des Vomaringos.

Aux échecs, un coup d'avance vaut souvent mieux qu'une solide armada, à condition de savoir en profiter. Et ce coup d'avance, je l'ai. Suis mon raisonnement : des scélérats m'attendent au pays des Vomaringos, tu es d'accord ? Eh bien, je m'en vais y aller ! Pas d'accord ?

Nous rattrapons la Nationale 1 au niveau du hameau de Koudgheul. Ce patelin ressemble très peu à Bourgoin-Jallieu et se compose à titre principal d'une épicerie faisant aussi débit d'essence.

Tandis qu'une volée de sauvageons noirs comme des merleaux emplit notre réservoir de gazole en brandouillant une pompe à main, nous nous dirigeons vers la boutique.

Quelques boîtes de « singe », un sac de mil

charançonné, une table à repasser, une cocotte à riz, douze pinces à linge, un jeu de plaquettes avant pour 306 SRD, trois savons de Marseille, deux paquets de *noodles* et une feuille de tôle ondulée constituent tout le stock de l'établissement.

Le front de Béru se plisse. On croirait un bandonéon en colère. Il saisit par le revers de la chemise le vendeur, un morne métisse mielleux, et l'attire à lui par-dessus le comptoir.

– M'dis pas qu't'as pas d'pinard !

– De quoi ? s'affole le zigue.

– Du jaja, du picrate, du gros-bleu, du rouge-qui-tache ? J'sais qu' v'z'êtes une région vitriole, ici !

Le marchand jette un regard affolé à Diop qui vient de nous rejoindre.

– *Seumgueu ! Fosingué ! Bandji !* traduit-il en différents patois du pays.

– Ah, du vin de palme, pige le bougnat bougne.

– D'Palma ou d'ailleurs, j'm'en tape ! tempête le Mastard. J'veux m'décrasser la soupente, m'ramoner la tubulure, y t'faut un dessin ?

– Excusez-moi, Monsieur, plaide le commerçant, j'ai appris le français chez les pères maristes, et je ne comprends pas bien votre dialecte.

Pressentant une vésuvion de Son Altesse Grasdube, je dégage. Pour te parler franc, je viens de répérer le véhicule de mes rêves : un pick-up qui aspire de l'hydrocarbure à l'autre pompe.

Plateau chargé de balles de kapok – tu sais, le duvet du fromager dont on fait des coussins –, l'engin s'apprête à regagner la route de Dakar. Avec une subrepticité de magicien, j'enfouis le téléphone portable (çui de la pute, le piégé, *remember* encore ! ) sous la cargaison.

Sur l'écran du GPS mouchard, nous nous engageons sur la route de la capitale. Alors qu'en vérité vraie, nous allons prendre la destination opposée, celle du pays des rebelles.

Se rendre là où on vous attend en s'arrangeant pour qu'on ne vous y attende plus, voilà qui s'appelle aux échecs un coup de maître, non ?

Ben, qu'est-ce que t'attends pour me féliciter ?

*« L'insu tu préféreras au mal perçu. »*

LE SCARABÉE.

# 12 *bis*[1]

# Berceuse pour Bérurier

*Jeudi 10 avril, 15 heures.*
*2 jours et 2 heures avant l'exécution du traître.*

De la pisse d'âne !

Les pisse-froid parmi les pisse-copie me pardonnent, mais cette expression de bonne-maman me revient en mémoire. Elle qualifiait ainsi des breuvages douteux, jaunâtres, troubles, souvent aigrelets, généralement une bière à réveiller un mort, une piquette ou un cidre tourné.

Si t'ajoutes une giclette de jus d'homme ou un soupçon de sirop d'orgeat, t'obtiens l'apparence

1. Même les types aussi intelligents que moi n'échappent pas à la superstition.

du vin de palme grâce auquel Béru se confit à présent en libations.

Vociférant à l'arrière de la bagnole, l'Horruffian vient d'avaler la moitié d'un jerrican de cet inquiétant breuvage. Certification conforme d'une beurranche avancée, il entonne *Les Matelassiers*, sa chanson fétiche, dont je te livre enfin les plus nobles passages :

*Les matelassiers ! !*
*Les matelassiers ! !*

*Voilà les matelassiers.....*
*Les matelas... les matelassiers qui passent...*
*Ça va carder !*
*Ha, hé, ha, hé, matelassiers !...*
*Gloire aux matelas...*
*Aux matelas...et aux matelassiers...*
*Quel beau métier...*
*car il touche,*
*toutes les couches,*
*de la société.*

*Les matelassiers ! !*
*Les matelassiers ! !*

*Berceuse pour Bérurier*

*Salut ! Ah ! Salut...hé... hé... ça va ?*
*Ça va !... et toile à matelas ?*

*Les matelassiers ! !*
*Les matelassiers ! !*

Pour la musique, achète le disque, paraît qu'on trouve encore aux Puces celui de Bourvil[1].

Satisfait de son interprétation, le Gravos écluse un nouveau décilitre de vin de palme qu'il mâche comme s'il dégustâtait un beaujolais nouveau, hure penchée en arrière, groin palpitant, yeux révulsés, paupières mi-closes.

– Il a d'l'entrecuisse, d'la banane dans l'oignon, d'la rillette sous les bras, a'ec une touch' finale d' vomi dans la bouche des goûts. Mais ce dont j'apprécille l'mieux, c'est les épices noires qui marinent dedans.

– Des mouches crevées, explique Diop.

Loin de l'écœurer, l'info stimule Alexandre.

– C't'agréabl' ! Ça croque sous la dent...

Pour imaginer toutes les facettes de son

1. L'excellent groupe Padak chante également une version plus rocky.

appétit, il faudrait précisément se référer à un œil de mouche taillé par le plus facétieux des diamantaires. Capable de se régaler d'une punaise grillée comme d'un souper chez Lasserre, d'une potée auvergnate ou d'un boudin de chacal, le Pantagruel de Saint-Locdu est en permanence à l'affût de son estomac. Ayant jadis échappé de justesse au court-bouillon d'une tribu un peu trop pophage, le principal regret de Béru fut de n'avoir jamais su lui-même quel goût il avait !

Il écoute ses entrailles comme un Sioux le sol de ses ancêtres, un Pas-con les émissions d'Yves Calvi, un gogo les tarifs d'une gagneuse, l'abbé Pierre la mouise de son prochain, un cardio le tam-tam de ton guignol, un psy les confidences de ton portefeuille, et toi les cris d'orgasmes de ta mousmée lorsque tu rentres à l'improvice.

Si l'ogritude se mesurait, Béru serait maître étalon sur l'échelle de riche-panse.

Tamba – abréviation de Tambalpakomsa – est le chef-lieu de la région orientale. De cette localité située à la croisée de grands axes, on peut accéder aux cinq pays frontaliers du Sénégal.

Je ne te les énumère pas, tu t'en fous et t'auras d'ailleurs oublié demain.

Sache cependant que la population de ce bled perdu est cosmo... comment qu'on dit ? Polite ! C'est bien, Hippolyte, on voit que tu suis !

Je planque la caisse dans le quartier des Libertés, non loin de la Poste, en face du Grand Marché dont les exhalaisons de poisson trop tard fumé viennent nous ravager les narines.

Une évidence s'impose : nous ne pourrons pas traverser le parc Kilégro Mont Kobra, ni nous aventurer dans les collines du Foutre à D'jalon avec cette bagnole au bord du dépôt de Liban. Seize un 4×4 qu'il nous faut.

Où et comment en louer un sans nous faire illico repérer ?

Diop propose une solution. L'un de ses indénombrables cousins bosse chez un carrossier-épavier du sud de la ville. Il pourrait nous arranger le coup contre un bakchich plus quatre. Chiche ! Je donne le feu vert et l'instit' s'esbigne. Rendez-vous ici même dans une heure.

Je regarde sa longue silhouette s'éloigner en direction de la gare. De l'ourlet de son short cradingue, son gland noiraud pendouille comme une andouille de contrebande. Ce gars promène son zob de zébu comme une fatalité alors que toi, tel que je te sais, si t'en possédais la moitié du quart dans ton calcif, t'aurais déjà alerté la faculté. On t'aurait vu dans les peep-show, en webcam sur internet, et même à la télé entre un évêque défroqué, une femme larguée d'ex-présidentiable, un footballeur nouveau philosophe et une actrice collectionneuse d'enfants battus.

Si la modestie est souvent l'indissociable compagne de la misère, elle émane aussi parfois de la dignité, et ça rassure.

Je remarque une bagnole qui déboîte et prend Diop en filature. Il s'agit d'une Audi S8 noire, aussi incongrue dans ce bled où une R 11 ruinée passe pour une limousine officielle, qu'une question en direct de Marc-Olivier Fogiel[1].

Je sors de ma guinde et filoche à mon tour l'Audi. Une voiture suivant un piéton peut aisément être suivie par un autre piéton, conviens-en.

1. C'est une façon de l'interpeller, ce petit malin qui ne m'a encore jamais invité !

J'essaie de me rendre aussi discret qu'un pet de Béru dans une fosse septique.

Tout à coup, Diop bifurque dans une ruelle tassée entre deux palissades où la grosse caisse ne peut s'emmancher. Fiarko et son copain niakoué jaillissent du véhicule et lui emboîtent le pas. Manga dégage un bras par la portière et me fait signe d'approcher. Bravo pour la discrétion, Tonio !

En deux foulées, je suis à sa hauteur. Son œil unique me semble moins avenant que sa cicatrice.

– Vous jouez un jeu dangereux, commissaire ! me lance-t-il. Si vous comptez sur le grand négro pour vous conduire chez les Vomaringos, vous allez être déçu !

Réaction inhabituelle de ma part, je lui balance une tarte par la portière. Il ne bronche pas.

– Espèce de grosse merde, comment m'as-tu retrouvé ? m'égosillé-je, sans reconnaître ma voix.

– Je sais toujours tout sur tout le monde. Sans doute est-ce pour cela que je suis le chef des services secrets de ce pays.

Je me surprends à trépigner comme un gamin devant ce Noir qui m'horripile par sa placidité.

J'aspire profondément pour m'exhorter au calme.

– Qu'attendez-vous de moi ?

– Que vous soyez raisonnable, San-Antonio, dit-il calmement. Je vous en conjure, faites demi-tour et rentrez en France au plus vite. Sinon...

– Sinon quoi ?

Il me tend un journal plié.

– Lisez. Vous allez comprendre...

Un individu casqué s'arrête à notre niveau, chevauchant un scooter rouge, flingue en pogne. Je me baisse juste pour laisser une Valda venir se loger dans l'œil valide de Manga. Il meurt avant d' avoir compris qu'il est devenu aveugle. J'attrape ma dent de guépard et la caresse de bonheur.

Quand je me redresse, le scootueur est déjà loin. Je m'élance nez-en-moins à sa poursuite, mais renonce, hors-de-la-laine.

Vite fait, je retourne à la voiture pour entretenir l'Hénaurme de ces derniers événements.

Nib de nib ! Lui tant de fois pris par

l'AAAAA[1], le voici OOO[2]. Il flotte dans un abêtissement abyssal. Je l'ai déjà vu pété, jamais selon ce schéma-là.

Je lui tapote les bajoues sans obtenir la moindre réaction. Du coup, le tracassin m'empare. Je le secoue avec vigueur mais ne parviens à lui arracher qu'un vague vagissement assorti d'un filet de bave.

La blêmitude de son teint autant que l'erratisme de son regard me collent la venette.

Sam, si tu connais un SAMU dans le quartier, file-moi l'adresse, ça urge !

*« La meilleure façon de ne pas vieillir,*
*c'est encore de mourir. »*
LE SCARABÉE.

1. Association amicale des amateurs d'andouille et d'andouillette.
2. *Out of order.*

## 14

# Réglez-lui son compte

*Le solo de Diop.*

« Circulez, y a rien à vivre. »

La phrase est graffitée sur une palissade interdisant l'accès à une zone abandonnée de la ville.

Diop sait qu'en contournant l'obstacle de planches enclouées, on débarque dans un décombre de cahutes qui ont été évacuées lors de la dernière épidémie de scrofule purulente. Il sait aussi qu'on ne pénètre pas de tels lieux sans quelque précaution.

Après avoir lorgné par-dessus son épaule, l'instituteur s'arrête devant une porte de tôle ondulée plus rouillée que la crinière de Mathias (Diop ignore à qui j'alluse[1], mais toi, tu sais bien de qui je cause).

Certains, paraît-il, ouvrent les portes, moi je les défonce, Diop les contourne. C'est en faisant pivoter l'un des chambranles constitué d'un madrier vermoulu que le madré jeune homme s'insinue dans la place. Il se retrouve sous un pêle-mêle de poutrelles et de gravats dispersés par le séisme de la négligence humaine. Il se faufile dans ce fatras fractal, fongible et fuligineux rien que pour m'aider à employer ces mots que je connais peu et que tu ne comprends pas.

Agile quoique dégingandé, l'instit progresse en contorsionniste parmi les solives imbriquées. Il débarque sans encombre sur une place, véritable clairière au centre du mikado géant. De là partent en étoile quelques ruelles bordées d'ateliers et de hangars sommairement réhabilités.

Je ne te jure pas que tu viendrais passer tes RTT dans ces bâtisses, ni que tu y mangerais par terre, mais c'est bluffant de voir l'à quel point

1. Verbe signifiant « faire allusion », tellement frais dans le dictionnaire qu'il n'est pas encore sec.

l'homme possède l'art de s'implanter ou de se rétablir en tout lieu.

Et dire qu'on s'émerveille devant les colonies de fourmis, les termitières ou les essaims de guêpes, sous prétexte que ces bestioles seraient plus malignes qu'une vache laitière, une poule pondeuse ou un chien de chasse, pollués par la proximité de l'Humain... Macache ! Même s'il reste son autoprédateur de choix, le bipède sera toujours le plus prompt à réorganiser sa gent, à domestiquer ses vassaux, à trouver la parade aux pires avanies à venir. Et c'est pour ça qu'on l'aime, qu'on s'aime soi-même et que je t'aime, Dunœud !

Si tu visionnais le tableau, tu regretterais d'être parti faire du pédalo à Pas-lavasse-les-Flots, même si c'est encore plus beau que Saint-André-le-Gaz.

Derrière la façade de détritus, une société parallèle s'est constituée. Bien sûr que les z'autorités sont t'au courant, mais, feignantes, elles feignent de ne rien voir, comme quand tu oublies que ton fiston a grugé ta carte bleue, que ta fille a passé vingt minutes sur le bidet en rentrant d'une soirée entre copines ou que ton chien a compissé le tapis persan. Parce qu'il vaut souvent mieux fermer les yeux qu'ouvrir les oreilles ou écarquiller les narines. Tu veux que je te dise ? Savoir se montrer faible est l'une des grandes forces conjoncturelles de l'homme.

J'avais annoncé le « solo de Diop » en tête de chapitre et tu trouves que je me la joue trop perso ? D'accord, je vais le laisser agir à sa guise, ce garçon. Mais attention, aujourd'hui on n'a plus le droit de laisser vagabonder ses personnages ! Risque zéro ! Les hommes de loi te guettent !

Je m'en vais t'expliquer : je suis San-Antonio-auteur et je raconte les aventures de San-Antonio-héros. Si je ne fais pas gaffe, ce flic serait bien capable de m'intenter un procès. Motif ? Il se sent moins valorisé que jadis et naguère, je ne lui laisse pas la latitude de mouvement ni de pensée dont il jouissassait dans les précédentes aventures... Ça pourrait encore se régler à l'amiable. Mais à l'inverse, imagine que San-Antonio, le héros, m'échappe ! Il démissionne de chez Poulaga, tourne héroïnomane, vire pédophile, devient assassin de vieilles dames, ou, pis encore, il vote pour[1]... bref, il déconne à pleins tubes et verse dans la délinquance quaternaire. Je fais quoi, moi : j'appelle mon avocat ?

Alors ne me reproche rien si je laisse surfer Diop sur les vagues de son destin : tu l'auras voulu, Lulu. Veille plutôt à ce que je te raconte et à ce qui lui arrive. Je ne te pardonnerai pas une faute d'inattention. Banco ?

Allez, on revient à l'action : Diop tressaute. Un bruit de métal heurté : quelqu'un le suivrait-il-t'on ?

Une balle lui rasant la tempe répond par un oui franc et massif à la question.

Diop fait flèche de ses longues guiboles et s'évacue entre les masures, mon vieux Bruno. Deux hommes déboulent sur ses talons. Si j'avais le temps de les détailler, je te dirais que l'un est blondâtre et l'autre métis, car son œil me semble un rien bridé, mais de là où je suis, devant mon clavier[2], je ne jouis pas d'une excellente vision sur le champ de mon imaginaire.

1. Complète toi-même ce bulletin blanc :

2. Je ne parle pas de Napoléon-la-Fripouille, mais de ce rectangle sympathique, lui, en dessous de mon ordinateur, qui commence par le célèbre AZERTYUIOP !

– Je prends à droite, tu vas à gauche ! lance le plus matheux des deux poursuivants.

– C'est où, la gauche ? questionne le littéraire.

Je parie que t'as pigé : il s'agit de Fiarko et de Pi So Ku (tiens, c'est encore plus rigolo que Pi So Po et Pi So Li !)

Profitant de l'entre-temps, Diop s'infiltre dans une cabane dont la toiture a été remplacée par un patchwork de toiles goudronnées. Sous cette ombre maléfique, une vingtaine de machines à coudre sont alignées en rangs d'ignominie. Des enfants les actionnent, quelques petits garçons et de très jeunes filles. Le pilonnage des engins ne laisse aucune place au dialogue et chacun semble archiconcentré sur son ouvrage. Diop repère une fillette coiffée d'un voile islamique. Il lui arrache son tchador et s'en attife.

– Sous la table, vite ! gronde-t-il.

Effarée, la gamine obéit et se blottit entre ses genoux. L'instituteur baisse la tête et reprend l'ouvrage là où la fille l'avait laissé. Pour avoir été exploité dans sa tendre enfance par les mêmes spécialistes du travail aux petits Noirs, il connaît la manœuvre de ces vieilles Singer. Faux crocoliles, polos bidon, Vuitton de pacotille, il pourrait décliner toute la gamme des contrefaçons.

Un pas résonne dans le hangar. L'un après l'autre, les instruments se taisent, comme ceux du Philharmonique de Tel-Aviv lorsque les musiciens découvrent que Papon est au pupitre.

Seule la bécane de Diop picore encore. Il n'a pas eu le courage d'affronter le silence absolu. La rondelle d'un calibre s'applique contre sa nuque.

– Toi, t'as de bien grandes paluches pour une petite main, chuchote la voix suave et cruelle de Fiarko, fais voir un peu ton minois...

L'imminence de la mort la rend palpable. Le jeune homme entend le bruit de la détonation. Il sent son crâne voler en éclats, hume les relents de poudre et de cervelle brûlée. Puis il attend encore...

Non ! Rien ! A-t-il succombé à un mirage ?

L'autre main de son bourreau s'agrippe au voile pour l'arracher. C'est le moment, c'est l'instant ou jamais !

Diop chope cette pogne et, déployant une force insoupçonnée, parvient à la glisser sous l'aiguille de la machine à coudre.

Plaquée, cousue, surpiquée, brodée, la paluche

s'incruste dans le cuir d'un sac à main prédestiné Hermès-en-peau-de-lapin.

La rafale de l'arme automatique suit de peu un hurlement de douleur inimité à ce jour. L'instit' s'est déjà esquivé quand les balles se perdent dans les toiles du plafond.

Perforé du bout des doigts à l'avant-bras, le sang jaillissant de chaque picotage, Fiarko prend le parti le plus sage : tourner de l'œil. Tu ferais quoi, à sa place ?

Diop drope dans les venelles. Son cousin est surpris de le voir rappliquer dans son garage. De son nom complet Dialo Maman Bobo, il ressemble davantage à Voulzy qu'à Souchon, ce qui ne me surprend guère – et toi non plus, vieux sagace que tu es !

– Diop ? Qu'est-ce que tu fabriques ici ? s'étonne-t-il.

– Je cherche un 4×4 pour tout de suite.

Précision qui sa se révéler d'importance : Bobo est appliqué à gonfler les pneus d'un Pajero flambant presque neuf.

– Celui-là t'irait ? Je viens juste de le repeindre, on voit à peine qu'il est volé !

– Je prends !

– Combien ?

– Ce que tu voudras, mais plus tard.

– Écoute, Diop, ça fait cinq ans que t'as disparu. Personne n'avait plus de nouvelles et tu rappliques, la bouche en banane, pour me réclamer du crédit ?

– Dans quelques jours, je te donne un gros paquet, juré sur la mémoire de ma grand-mère qui était aussi la tienne et qui repose en paix, Allah ait en sa sainte garde son âme pure !

– Moi, j'suis catholique.

– Et alors ? Sur la foi du Christ, tu peux aussi me faire confiance, mon frère !

– La main sur le cœur ?

Une balle traverse la main et puis le cœur, dans la foulée. Pour Dialo, fini bobo ; il s'écroule, décédé en plein.

Diop se jette au sol. Il l'a échappé belle, mais cette fois, il n'a d'autre chance de s'en sortir que ma volonté ! Livré à lui-même, ledit personnage a déjà eu un bol grand saladier d'éviter le premier tueur. Comment veux-tu qu'il résiste au second ?

Réponse : parce que j'ai de l'imagination.

L'arme de Pi So Trou (c'est nouveau) s'enraye.

Le métis dégaine alors une machette, plonge et en applique le tranchant sur la trachée de l'instit'. Il va couper, l'autre n'y coupera pas, crois-tu ?

Tout faux !

Diop s'empare du gonfleur à pneus et enfourne l'embout dans la bouche du méchant.

Pchssssiiiit !

Le Jaunasse se transforme illico en baleine, en bonhomme Michelin. Il largue son grand couteau, enfle, gonfle. Les yeux lui sortent de la tête : plop ! plop ! Éjectés ! Ses poumons en baudruches finissent par exploser comme des ballons de fête foraine. Ne reste bientôt de lui que des lambeaux bariolés de bronchioles et de boyaux.

Re-debout, Diop botte dans un reliquat de calotte crânienne pour vérifier la macchabitude de l'individu, puis s'installe au volant du véhicule tout terrain.

Ô bonheur, les clés breloquent au tableau de bord. Tu sais que je pense à tout !

15

# Une banane dans l'oreille

*Jeudi 10 avril, 16 heures.*
*2 jours et 1 heure avant l'exécution du traître.*

J'ai bien cru que le gars Béru me faisait la mort subite du pochtron. Durant de longues minutes il n'a plus respiré que par le foie. J'ai ameuté la populace et on a fini par dénicher un antique médecin anglais qui cuvait dans l'arrière-salle de jeu d'un sombre boui-boui.

Le mec doit avoir le même maquilleur que l'inspecteur Derrick. Sous chaque œil il trimballe une valoche ventripotente : l'une pour la bière, l'autre pour le brandy.

A grands seaux d'eau dans la vitrine, on l'a ranimé et ramené aux hépatantes réalités d'ici-bas.

Costard trois-pièces, nœud papillonnacé,

chemise froissée blanc cassé, le docteur Tobby Hornaught, vieux célibataire amolli, n'en a pas moins préservé la fière allure des sujets de sa grassouillette Majesté tels qu'ils s'affichent encore jusque dans les coins les plus reculés de notre pauvre planète.

Après une piteuse expectoration pituiteuse, il examine le Gravos avec cette conscience professionnelle exarcerbée de ceux qui, sans douter de leur savoir, connaissent les failles de leur jugement.

Son diagnostic est sans appel :

– Ton ami a ingurgité une mouche tsé-tong.

Il désigne le bidon que Béru a vidé pour se murger.

« *Look, my dear*, il y en a plein qui nagent dans ce fond de vin de palme.

– C'est quoi, la mouche tsé-tong ? m'inquiété-je.

– Le vecteur de la fièvre rouge.

– Une maladie grave ?

– Mortelle. Sauf pour les hippopotames.

– Il y a donc de l'espoir ?

– La mort est mieux qu'un espoir, c'est une certitude.

Tu ne le trouves pas démoralisant, ce vieux Débritish ? Moi itou. Pour diverser, je lui demande de me réciter le manifeste de la fièvre rouge.

– Une alternance de somnolences et de crises d'hyperperception. Durant ces dernières phases, le sujet devient extralucide. Il accède à des connaissances qu'il ne peut avoir acquises. Et il a l'impression d'avoir une banane qui lui pousse dans l'oreille. C'est assez effrayant. En général, il meurt d'un trop-plein d'activité intellectuelle.

Qui aurait pu pronostiquer une pareille fin à notre cher Alexandre ? Tout en lui gigotait gros et fort, se dressait, s'érigeait, sauf à l'évidence la cervelle ! Et voilà qu'il partirait d'une cogitite aiguë ?

Pour l'heure, il pionce encore *a capella* et en chœur avec son propre ronflement. Lové sur la banquette arrière, on dirait un saucisson géant pour défilé de chars.

Pile poil, Diop arrive à bord du Pajero sucementionné. Il m'aide à transbahuter le Gisant dans le véhicule tout terrain.

– Tout s'est bien passé ? le questionné-je.

– A peu de chose près, qu'il me rétorque avec

la modestie qui le caractérise. Quelques doubles anicroches... Il est mal, monsieur Bérurier ?

– Mouche tsé-tong, fièvre rouge...

La mine de l'instituteur se rembrunirait si elle n'était déjà proche en noirceur : de l'ébène, du jais, de la houille, des pieds de Béru, de la face cachée de la Lune, d'une idée d'un Nourissier neurasthénique, d'un écran éteint, de la conscience de Bush, de la vision du monde de Ben Laden, d'un roman de William Irish ou d'un boudin créole. Choisis ton lieu commun favori et vire les autres dans la poubelle de mon Macintosh.

– C'est sérieux, mais les hippopotames...

– Je sais.

Le toubib me dresse son ordonnance.

– Sauf miracle, voici le seul remède connu contre la fièvre rouge : Écrase une rate de gazelle avec un pancréas de léopard, assaisonne avec de la poudre de corne de rhinocéros, un soupçon de bave d'escargot et mouille à hauteur avec du sang de boa constrictor. Les menstrues d'une hyène pourraient aussi faire l'affaire...

– Ça se trouve pas au Prisunic, objecté-je.

– Certes, admet Tobby Hornaught toubib, en

revomissant sur les pieds nus qui lui tiennent lieu de Nike.

Il se nettoie dans le caniveau dont l'eau terreuse charrie la pelisse d'un rat crevé.

– Où vas-tu ? me demande-t-il après ces ablutions.

– Ailleurs, répondé-je.

– C'est bien, là-bas ?

– Pas mieux qu'ici, mais pas plus mal non plus.

– Tu m'emmènerais ?

– J'ai déjà détourné un instituteur de ses devoirs, j'aurais scrupule à vous soustraire à vos patients.

Tobby éclate d'un rire frappé du sceau de la rogomme.

– Un patient, c'est fait pour patienter, et presque tous mes patients sont morts. Mais moins vite que les impatients ! Ceux qui se ruent dans mon cabinet, en la salle de billard du bar voisin, ont peu de chances de s'en sortir. Je leur prescris des remèdes introuvables, je confonds les médicaments, je me trompe dans les doses, j'inverse les proportions ; je les extermine à grand brasier quand le destin les aurait tués à petit feu.

« Ravagée par des alcools frelatés, enfumée

d'incertaines combustions, jamais alimentée par une nourriture saine, ma tête m'échappe. Je sens pourtant qu'en ses circonvolutions subsistent des zones fréquentables, quelques cellules vivaces, des neurones efficaces. Hélas, je ne maîtrise plus rien. Ma conscience se trouve ballottée comme un bagage non réclamé dans la soute d'un bateau-poubelle en perdition. Se trouvera-t-il un artificier pour faire sauter ce colis dangereux que constitue mon esprit ? J'en doute. Puisque mes malades ne veulent pas me fuir, c'est moi qui vais les quitter. Ils iront trouver le sorcier, le griot, le marabout, le chaman, voire le curé. Et ils mourront en paix, sans plus torturer mon âme.

– Montez. Votre modestie dût-elle en souffrir, je pense que votre science sera plus efficiente pour Béru que le hasard et peut-être même que la nécessité.

Tobby s'assied à mes côtés, Diop s'occupera du Mastard à l'arrière.

– Direction ? s'enquiert le toubib.

– Le parc Kilégro Mont Kobra, puis le Foutre à D'jalon et le pays des Vomaningos, notre destination finale.

– Finale est le mot. Depuis des années, jamais un Blanc n'est ressorti vivant de cette contrée. Mais... je suis toujours du voyage. Démarre, traverse la ville et, au niveau de l'aéroport, prends la nationale 7, direction plein Sud, tu ne peux pas te gourer.

Tout en conduisant morosissime, je pose la question qui me turlute et me pine :

– Mon gros pote, il peut s'en sortir, ou pas ?

– Pas ! Un bain parmi les hippopotames, peut-être ? Mais il y a à parier qu'il se fera bouffer !

Clair et net, concis et circoncis : Béru est condamné.

– Merci de votre franchise, docteur.

– Pourquoi tu me tutoies pas, entre compatriotes ?

Difficile de lui expliquer que jamais un Anglais, Europe faite ou à faire, ne saurait être mon « compatriote ». Il peut devenir mon ami, sa femme ma maîtresse, son patron mon banquier, sa fille une fille au père si elle s'occupe de la mienne aussi bien que sa mère, et elles sont encore plus douées d'une génération à la suivante, ces salopes !

Un Anglais peut être mon congénère, mon

complice, mon confrère ; jamais mon compatriote. L'intelligence de ces buveurs de thé est évidente, mais elle s'accommode mal de la nôtre, ni la nôtre de la leur. C'est comme ça ! On n'y peut rien ! Je respecterai toujours un British, je me soûlerai souvent avec lui, je l'aimerai parfois, à condition qu'il ne m'offre jamais son passeport.

La nationalité anglaise est la plus recherchée au monde par des populations causant des parlers barbares et souhaitant se fondre dans l'universelle panglophonie. Mais c'est la plus inacceptable pour un Français pur fruit ! T'imagines un peu si on s'était laissé faire ? Le général of Gawl, George Pompompidow, Francis Mitround, Jack Iraq (à l'attaque !), ou, pire encore, *the great* Halballadejow, *king of rugby*[1] !

Détester un Britanouille est un devoir, bien sûr, et une hérésie en même temps, car n'oublille pas qu'à cette gent broute-menu on doit entre autres la pénicilline sans laquelle tu serais probablement défunté à l'heure où nous mettons sous presse. Et que l'autre Fleming nous a gratifié du

1. Paraît que, parmi les présidents, j'ai oublié Giscard. Ce n'est qu'un oubli volontaire.

succulent James Bond, sorte de San-Antonio mangeur de brocoli.

Merde, ça se vénère, de pareils talents !

Généreux comme tu me sais, j'élabore pour Tobby ce genre de phrase bien sentie qui scelle et poivre une amitié pour l'éternité et même au-delà.

Mais à quoi bon ? Le doc s'est assoupi sans un soupir. La chassie lui emperle les paupières, un rictus d'abandon fleurit ses commissures. Par leur moue dure ou molle, seules les lèvres traduisent le tréfonds d'une pensée. Le regard, la gestuelle peuvent la trahir, quand un sourire reflète toujours la pure lumière de l'idée. Demande-toi pourquoi tu disparaîtras bien avant la Joconde, Cunégonde.

Je balance un coup de patin à stopper net un TGV en rut.

Tobby donne de la tronche dans le pare-brise. Son arcade souricière se fend sans le faire ciller. Comme c'est beau l'oubli de soi !

Diop empêche Béru de choir au bas de la banquette.

– Un problème, patron ? me demande ce nègre plus ultra.

– Le journal ! beuglé-je.

– Quel journal ?

– Sur la lunette arrière ! Vite, passe-le moi !

L'instit' m'attrique le baveux de Manga que j'avais complètement oublié. Je le déplie avec fébrilité.

La photo de Jérémie Blanc occupe toute la une de ce Dakar Enchaîné, quotidien à moitié d'opposition et prudemment progouvernemental pour l'autre demie.

L'image est flanquée de ce titre ronflant :

« CONVAINCU DE HAUTE TRAHISON,
LE MINISTRE DE L'INTÉRIEUR
SERA EXÉCUTÉ SOUS 48 HEURES. »

J'étais pas bien, à Saint-Cloud, décontracté du bout ?

*« Un mauvais acte*
*vaut plus qu'une bonne pensée. »*
LE SCARABÉE.

## 16

# On liquide et on s'en va

*Jeudi 10 avril, 19 heures.*
*1 jour et 22 heures avant l'exécution du traître.*

Il n'est pire solitude que la solitude accompagnée. Un Béru se mourant, un grand Black paumé, un médecin alcoolique et la savane qui n'en finit jamais...

Les quelques loups, malheureux sangliers ou poètes démodés de mon cher Bécaud (qui aujourd'hui habite sous mes pieds) partagent peut-être ma déréliction.

Où me précipité-je ? A la recherche d'une Berthe kidnappée ? à la rencontre d'un Mathias présumé trahisseur ? à l'élucidation d'une histoire qui me dépasse ?

Pourquoi ne rebroussé-je pas (terme haddock)

vers la capitale où Jérémie sera trépassé par les armes dans une poignée d'heures, où des avions peuvent me ramener vers ma tendre et doulce Félicie ?

Parce que je suis un flic d'exception !

Je flaire les solutions mieux qu'un labrador une caille blessée ou la tourte aux poils de ta nièce. Quand mon lutin me tire, je ne sais lui résister. Je me laisse entraîner dans son sillage.

Ce n'est pas de l'écume, mais une ocre poussière qui abreuve ce sillon. Peu loin devant, les langoureux vallonnements du parc Kilégro Mont Kobra s'esquissent dans une verdoyance de bon aloi. Crispé aux manettes de ma jeeponouille, j'ai déjà traversé successivement les bourgades de Radégou, Nikviagra, Yapafoto et Benloulou, c'est te dire, Elvire !

Je t'en reviens à Jérémie. L'article du baveux raconte qu'on l'accuse de collusion avec les terroristes qui ont fait sauter l'appareil de la Manhattan Airways. Il aurait agi avec la complicité de Xavier Mathias, le directeur de la police nationale, actuellement en fuite. Il aurait également bénéficié de l'aide logistique de son ancien patron, un policier français connu sous le nom de San-Antonio. Un encadré présente un crayonnage de mon avantageux faciès. Le ministre a été jugé par un tribunal de crise, juridiction d'exception en ce pays démopancréatique.

Pas casher, queue dressée, crinière au vent, un phacochère me contraint à une embardée.

Qu'alors, dans mon viseur rétro, s'encadre la bouille rubiconde de Sa Majesté Béru Tsé-Tong.

– Franchement, mon cher Antoine, mon bon ami, je te prends à témoin, richard-entonne-t-il d'une voix crâne de crouneur de jupons mais dans un langage quasi académiable. Pourquoi donne-t-on si souvent la parole à des footballeurs ? Ne serait-il pas judicieux, en contrepartie, d'ouvrir le gazon vert aux intellectuels ? Il me semble entendre d'ici Thierry Roland commentant le match d'ouverture : « ... Finkielkraut qui passe la balle à Glucksmann qui dribble, adresse un lob croisé à Bernard-Henri Lévy qui remise sur Jérôme Garçin[1] qui marque, non, qui manque son but... ! »

– Béru ? Tu me vois ? Tu es conscient ?

1. Oui, il faut une cédille, comme à garçon. *(Note du correcteur.)*

– Si fait, mon ami, si fait !

– Pourquoi ne parles-tu pas comme d'habitude ?

– Je m'exprime en ce langage que des générations d'instituteurs laïcs se sont escrimés à m'inculquer.

Je le reluque dans le rétromiroir. Sa frime violine n'a rien perdu de son éclat ni son haleine de son parfum d'oignon cru.

– Alexandre, je t'en conjure, fais-moi une faute de français, que je sache que c'est bien toi.

– On ne dit pas « que je sache », mais « que je susse ».

– Ah, merci, tu m'a fait peur.

Il m'alloue un sourire de franche aménité.

– Les nombres sont les éléments de toutes choses et le monde entier n'est qu'harmonie et arithmétique.

Bordel de merde, Seigneur que j'aime, si l'Obélisque récite du Pythagore, c'est que la mouche Tsé-Tong commence à faire son œuvre.

– Sais-tu au moins où nous nous trouvons, présentement ?

– Diacre ! En Afrique de l'Oued. On va délibérer ma femme de chez les Blanquette-de-veau.

– J'aime quand ta science dérape, mon Gravos !

Mon néoptimisme est de courte durée, car la glauquerie de son regard se marécage. Béru disparaît de mon champ de vision. Un milliardième de seconde plus tard, il ronfle.

L'évanouissement de sa hure dans le rétroviseur laisse place à un autre genre d'inquiétude : un point noir qui grossit pire que les comédons sur la frime de cervelas à Josiane, la tiroir-caissière du charcutier.

Je pige qu'il s'agit d'une grosse cylindrée lancée à nos trousses. Elle est encore loin et fonce dans un nuage de sable clair. Ce qui me tracasse avant tout, c'est la nature du véhicule. Il ne s'agit pas d'un 4×4 mais d'une puissante berline noire, – ça ne t'évoque rien ? L'alarme générale tintinnabule vigoureusement sous ma coiffe.

– Diop, tu t'allonges sur la banquette et tu empêches Alexandre de bouger si la velléité lui en prend.

– Un souci ?

– Il se peul.

Puis j'éveille le toubib imbibé de quelques claques bien appliquées.

– Ho, Doctor, *get up* !

– Diop ! qu'il s'ébroue. On se connaît, mon vieux ! Souviens-toi, les p'tits fours...

Je lui bisse deux nouvelles baffes et range la voiture sur le bas-côté.

– Vous allez sortir pour pisser, Docteur !

– Ça tombe bien, je venais juste de commencer à faire dans mon sommeil... et dans mon froc. Je rêvais d'un incendie qu'il me fallait éteindre dard-dard.

– Le pompier nommé Béru, c'était le bouquin d'avant. *Please*, réintégrez cette œuvre nouvelle. Ça urge.

*Mister* Hornaught ouvre la portière et sa braguette et avec art en sort ce genre de bite blanchâtre, pantelante et malléable à merci qui incitent les p'tites Anglaises à rappliquer incontinent d'outre-Manche.

Face à la savane, le doc se met à arroser un buisson d'épineux.

Je me tapis sous le tableau de bord.

– Une voiture va passer, lui lancé-je. Si elle s'arrête et qu'on vous questionne, racontez que vous avez été appelé pour une urgence dans un bled voisin. Il faut qu'on vous croie seul à bord, compris ?

– Le pourquoi de ce micmac ?

– Faut-il que tous nos actes aient une raison ?

Tobby hoche la tête tout en secouant son macaroni.

– *Zobviously no* ! Si je t'avais eu comme prof de philo, j'aurais peut-être pas fait médecine. T'imagines toutes ces vies épargnées ?

– Continuez de pisser ! l'exhorté-je

– Je suis à sec. Mon foie est une éponge qui détourne les liquides de ma vessie.

– Faites semblant. Ils arrivent.

Au ronron majestueux du moteur, je détecte le V8 de l'Audi quattro grand format. Comme je le supputais, la limousine ralentit à notre proximité. Mais elle ne s'arrête pas complètement, réaccélère et passe son chemin.

Je patiente quelques instants avant de quitter ma cachette.

– Je peux arrêter de me tripoter ? rouscaille Tobby.

– C'est bon, remisez l'outillage.

Le toubib regagne le Pajero, peinant à

renfourner son asticot domestique. Il me dévisage de ses yeux de noyé.

– Ce ne serait pas toi, par hasard, le terroriste du journal ?

– A votre avis, docteur ?

Hornaught me tapote affectueusement la joue.

– Médecin exécrable, mais fin psychologue. Je sais que tu es un mec bien. Si tu me racontais tout ?

– Je veux d'abord que vous me parliez des passagers de cette voiture...

– Les vitres étaient fumées, je n'ai pas vu grand-chose. La fenêtre s'est abaissée et j'ai aperçu la blonde chevelure d'un blanc-bec avec un fume-cigare dans sa bouche en cul de poule.

– Fiarko ! m'exclamé-je, c'était bien ce fumier d'empaffé !

– Ça, j'ignore, n'ayant pas eu loisir de lui examiner le sphincterminal.

Comme ultime parole, on a déjà fait mieux.

Le toubib s'affaisse, tête en avant, et meurt avec une aisance qu'on aurait pu souhaiter à tous feus ses patients éteints.

Je remarque une aiguille fichée dans sa nuque.

Le fume-cigare de Fiarko n'était-il pas plutôt une sarbacane ?

– Il a un malaise ? s'inquiète Diop.

– Arrêt cardiaque. Terminus ! dis-je en récupérant discrètement la fléchette. Avec tout ce qu'il picolait...

Je remise précautionneusement l'ardillon venimeux dans une boîte d'allumettes. J'attache le cher disparu avec la ceinture de sécurité à la place du mort qui lui revient de droit, afin d'éviter qu'il ne ballotte : les bleus sont d'un vilain jaune caca d'oie au front ivoirin des cadavres.

Diop récite une prière dans l'une de ces langues agglutinantes qui contribuent au charme des tribus africaines. N'ensuite de quoi, il veut savoir ce que je compte fabriquer avec le mortibus. Pas des rouleaux de printemps ni la momie de Tout Ankh Amon ! On l'enterrera sans trop s'en faire dans un coin désert avec une croix de bois pour pas qu'il aille en enfer. Il fera partie des soldats inconnus sans lieu ni flamme. Il avait oublié d'où il venait, il se foutait d'où il allait, il sera bien n'importe où.

Ce qui me chiffonne vraiment, ça n'est pas

tant la mort de ce suicidé permanent que la façon dont elle s'est produite.

Réfléchis bien, Lucien : si Fiarko avait su que je me trouvais dans ce Pajero, il serait descendu, non ? Alors pourquoi tuer gratuitement un type étranger à cette affaire ?

Le blondasse est une ordure patentée, un zigue sans foie ni boire, une nuisance ambulante, d'accord. Mais il obéit à des règles, exécute des contrats, monnaie sa cruauté. Ce n'est pas un cinoque, un déjanté du bulbe, un meurtrier compulsif. S'il a sarbacané le toubib, ce n'est pas sans bonne raison. Ce poivrot hippocratique m'aurait-il abusé par son très mince délire ?

Ça cloche, je te jure que ça carillonne !

Et voilà que Béru nous fait son come-back. Il se redresse comme le ressort d'un sommier qu'il évacue. Il m'interpelleteuse façon bulldozer.

– Patrice ! Tu as repris l'œuvre de ton père comme George Walker Bush la guerre du Golfe. Était-ce bien nécessaire ? N'as-tu pas l'envie et le talent d'écrire tes propres bouquins ? Faut-il que tu sois resté tant inféodé à cet homme, dont l'ombre a plané sur toute ta jeunesse et t'a occulté, pour aller te remettre sous sa coupe et chausser ses bottes, moins confortables que tu l'imaginais ? Normal, c'était ton dabe et tu le vénères. Tu te penses obligé de nous faire vivre encore, nous, les personnages, après un demi-siècle traversé, aussi jeunes et inchangés.

« Bien sûr que je te sais gré de me permettre de subsister, de braver les ans, de continuer d'être l'éternel Béru, l'Ignoble de service, le gros porc que l'on aime, le copain de toujours, celui qui ressemble à l'Autre et jamais à soi. Mais si tu veux me larguer à un détour de ta pensée, ne te prive pas, tu en as le droit. Je comprendrai que tu me laisses crever de la mouche tsé-tong, que tu me largues au gré d'une péripétie, et tournes la page. Même les aventures à tiroir ont droit à une fin commode.

« Dis-toi que je te soutiens, qu'étant ton zéro principal, je suis aussi ton plus fidèle ami. Je n'ai jamais lu tes livres, car de culture modeste, mais je sais par joui-dire que ton père et toi avez fait de moi un personnage anthomologique de la libérature populaire. Pardonne ma franchise de porc, et grande excuse au lecteur de m'exprimer autrement que tu l'as habitué, mais si tu savais le bonheur que je ressens à échapper un brin à mon destin ! A te dire avec des mots plus ou moins français ce que je t'ai toujours bonni en argomuche. Je t'aime, San-Antonio, Frédéric ou Patrice, car vous m'avez permis de délirer tout au long d'une vie de fantoche. Vous m'avez doté d'une queue magistrale, d'un esprit simple dans un corps volumineux, vous m'avez fait aduler de trois générations de gens aussi sympas que passionnés. Vous avez assuré ma réputation dans les diverses couches de notre société de merde, du professeur de faculté jusqu'au brave manouvrier qui s'est fait tatouer ma gueule sur ses omoplates.

« Merci pour tout. Je vais donc mourir en pet, puisque tu en as décidé ainsi.

– Qu'est-ce qu'il dit ? s'affole Diop.

– Des conneries. Il faut le sauver !

*« On n'est jamais qu'un peu de viande*
*à l'étal de l'existence. »*
LE SCARABÉE.

## 17

# Le bouillon d'onze heures

*Jeudi 10 avril, 23 heures.*
*1 jour et 18 heures avant l'exécution du traître.*

La nuit plane sur le parc Kilégro Mont Kobra. Un bras de lune s'est cassé dans un marigot. Béru a replongé vers un coma très dépassé. L'instit' m'aide à le traîner, ce qui n'est pas une mince affaire.

– Vous êtes fou !

– Le toubib m'a dit que la seule manière de guérir de la fièvre rouge consistait à barboter parmi les hippopotames. Ils résistent à la piqûre de la mouche tsé-tong et leur bave peut donc nous soigner.

– On a déjà essayé dans ma famille avec deux oncles. Ils ont peut-être été guéris, mais les hippo les ont hypocritement boulottés. Taux de mortalité : cent pour cent !

– On tente quand même le coup ! tranché-je.

– Vous êtes vraiment dément ! s'émerveille Diop.

Si au moins je possédais une arme, mais tu n'ignores pas, si tu as été attentif, que le flingue piqué au début de cette aventure, a été dissimulé par mes soins en un lieu que seul je le sachiasse. Je n'en dispose donc pas pour l'heure, à mon grand hippopodam !

Le danger, en Afrique, provient toujours des bestioles – moustiques, mouches, scorpions, scolopendres, amibes ennemies et autres indiscrets parasites, rarement des grands prédateurs. A condition de ne pas s'aventurer sur leur terrain. Les lions bouffent davantage de dompteurs au Cirque d'hiver que d'autochtones sous le chapiteau du ciel africain. Mais l'hippoptame, lui, sous ses allures de Bibendum gonflable et herbivore, dévore bien plus de négrillons que tous les carnassiers de la brousse réunis.

Nous charrions le Mastard à grand-peine. Moi, je le tiens sous les bras, Diop lui soulage les jambes. L'hébétude de son regard et le poids de son inertie laisse mal présager de son avenir.

Je largue mes pompes, des Tod's achetées au prix fort à Rome, via Fanculo, tu sais cette ruelle qui part du Corso jusqu'à la piazza d'Espania. Je vire aussi ma chemise et veux me délester de la dent de guépard qui brimbale sur mon poitrail.

– Jamais ! s'insurge Diop. Si tu poses le grigri, malheur sera sur toi et sur ton ami.

Je n'insiste pas. Déjà, nous avons transgressé toutes les règles de sécurité du parc. Elles impliquent de circuler avec un guide, de signaler son itinéraire, de ne pas s'éloigner des pistes balisées, de ne jamais rouler la nuit et de ne descendre de son véhicule sous aucun prétexte. A Pantruche, les pervenches de Bertrand Delanoix s'en donneraient à cœur joué. Ici, on a fait un barbecue la semaine dernière avec la dernière contractuelle.

A notre approche, une kyrielle de bestiaux s'évaporent dans la nuit noire, les uns choisissent la reptation, d'autres s'envolent, la plupart se carapatent. Chacun glougloute, cancane bébêle ou gargouille de trouille. Les plus gros grognent, feulent, grondent ou barrissent.

Les singes, électoralement à majorité babouine, restent planqués dans les branches de Sassafras et nous bombardent de leur déjections en ricanant.

– Il y a vraiment des hippopotames par ici ?

– Dans tous les points d'eau du canton.

J'enfonce jusqu'aux genoux dans un répugnant bourbier. Des myriades de mosquitos, moucherolles, et autres virevoltances du genre me bourdonnent autour de la frime. Des sangsues me ventousent le ventre et je sens sous mes pieds grouiller des bizarreries.

La masse du Gravos s'allège au fur et à mesure de son immersion dans l'eau archimerdique. Qu'on le veille ou non, Archimède n'était pas un con.

– On ne peut pas l'abandonner comme ça ! Il va se noyer ! Il faut l'accompagner jusqu'au cœur du marais, là où s'ébattent les hippos. Aide-moi, Diop !

– Non, Patron, j'ai peur. C'est ton ami, pas le mien. Sa mort me fera triste, mais je n'engagerai pas ma peau pour la sienne. Il est plus âgé et plus blanc que moi. Désolé, maintenant c'est ton problème. Courage et bonne chance...

Dans les ténèbres roussâtres, je distingue l'instituteur qui s'éloigne vers la rive, ses sempiternelles tongs à la main.

A peine si je soutiens Béru. Avec toutes les fermentations qui se produisent en sa boyasse, il flotte mieux qu'un Zodiac. Mon vieux Bombard pourrait retraverser pépère l'Atlantique sur une pareille bedaine.

Fouettée par la lune, la surface de l'eau irise, moire et chamarre. Chaque vaguelette semble un cillement menaçant. Faut-il que je l'aime, mon Alexandre-Benoît, pour venir tremper ma couenne dans ce bouillon d'effroi sur la simple croyance en une rumeur ancestrale !

L'Afrique est un mirobolant mirage auquel je suis en train de succomber. Comment mon multicartésianisme hispano-spinoziste (tendance Popeye) ne résiste-t-il pas à une situation si tant tellement aberrante ?

La fange de ce marais, le gars du bled qui se débine, Bérurier qui surnage, les hippos qui nous lorgnent, et moi et moi et moi, barbotant dans une surréellissime réalité !

En cette seconde, je peux te jurer que j'ai renoncé à tout. A revoir Félicie, ma brave femme de mère, mon fils Antoine, si doué pour la fliquerie, ma fillette Antoinette, Marie-Marie, amour perdu une fois encore, Pinaud qui vient de réintégrer la volaille, fortune défaite.

J'ai renoncé aussi à : payer mes impôts, manger des œufs en meurette, revoir Paris, oublier Palerme, cueillir une rose de Picardie, écouter le dernier disque de Pierre Perret, signer une pétition pour José Bové, changer de trottoir devant un con, saluer les ultimes poilus de la Quatorze, aller dîner chez Lasserre, faire le décompte de mes maîtresses, me gratter le Zout, me knocker le Herta et à chanter l'alléluia, pauvre de moi !

J'ai toujours pensé qu'un être qui se regarderait dans une glace, mieux encore que Narcisse, sans la moindre interruption de l'image, ne mourrait jamais. Qui est capable de se voir défunter les yeux dans les yeux ?

La mort est un faucheur[1] vicieux qui ne t'affronte jamais de face, et c'est pour ça que je

1. Au passage, je signale que je suis le premier auteur prétendu macho à parler de la mort au masculin. J'avais promis, les filles : ça vient...

le brave depuis si longtemps pour ton plaisir, Casimir.

Les véroleries ne se produisent jamais telles qu'on les attend. Alors que je commençais à me relaxer, à trouver la nature presque clémente à notre égard, un formidable bouillonnement se produit.

Une gueule plus large qu'un coffiot de Picsou s'ouvre devant nous dans une exhalaison d'herbes en voie de bousification.

Voici Béru happé par de formidables mâchoires, la moitié de sa carcasse est engloutie à l'intérieur de ce coffre à puanteur.

N'ayant pied, toute résistance est périssoire. Mes crochets du gauche à la mâchoire de l'hippo lui font autant d'effet qu'une pichenette sur le raffarin d'un dinosaure. Je vois la masse, pourtant impressionnante, du Gravos disparaître entre ses amygdales.

Éperdu d'angoisse, je palpe les fouilles de mon pantalon à la recherche de la boîte d'allumettes recelant la fléchette qui tua le docteur Hornaught. Le carton s'en désagrège, la pointe acérée peut à tout instant m'inoculer le mortel poison.

Je suis centrifugé par un gigantesque remous,

presque aussitôt suivi d'un effroyable cri de souffrance !

Le potentat des popotames replonge dans son marigot et s'éclipse en rouspétant de douleur.

Alexandre refait surface, toute lucidité recouvrée. Il me jette un regard réprobateur :

– Quelle idée d'se baigner dans c'trou à merde ? C'est ben d'toi, Tonio, c'genre d'conneries ! Figure-toi qu'un bestiau a essayé d'me jaffer ! M'a avalé jusqu'à la glotte, ce glandu ! N'alors j'y ai mordu la langue !

Béru mâchonne et déglutit.

– Un peu ferme, mais grasse à souhait, c'te bidoche. Faudrait qu'j'en causasse chez Hippopotamus, pour renouv'ler leur carte.

Je serre l'Immonde contre moi.

– Vrai de vrai, t'es guéri, mon Gros ?

– Pourquoi ? J'suis jamais malade.

Après des errances ponctuées de vitupérances, nous regagnons enfin la piste où j'avais abandonné le Pajero.

Le jour se lève. Le véhicule s'est volatilisé.

Du toubib, le corps en décomposition française gît étalé sur le talus.

– C'est qui, çui-là ? s'informe l'Informe.

– Un médecin qui a essayé de te soigner.

– Ben, ça lui a pas réussi, fait-il, inaccessible à toute pitié envers les êtres de sa non-connaissance.

Me voyant fureter, l'hippopotamophage veut en savoir davantage.

– Tu cherches quoi ?

– On nous a chouré la bagnole.

– Merde ! J'l'ai cauchonnée a'ec ma prop' carte bleue.

– Ça n'est de ta caisse pourrie de location qu'il s'agit, mais d'un 4×4. Je t'expliquerai... Et s'il le faut, je te rembourserai.

– J'y compte bien ! Du moinsse l'Administration, vu qu'j'me farcis c'pat'lin de moricauds en service commandité !

Des traces de lutte dans la terre rouge, et la découverte d'une tong orpheline me laisse mal augurer de la destinée de Diop. A-t-il été enlevé ? Son cadavre est-il embusqué derrière quelque bosquet ? Je fais part de mes affres à La Gonfle.

– Un instit' qui niquait ma Baleine et n'la même pas empêchée d'se faire kidnappinger ! Et tu voudrais que j'verse une larme ?

– Le problème, Gros, c'est que nous sommes

sans véhicule, sans vivres, sans armes et sans ressources au milieu d'un monde hostile hanté de bêtes sauvages.

– Et alors ? lance Sa Majesté africaine, j'ai mastiqué la menteuse d'un hippopodrame, j'pourrais aussi bien bouffer les amourettes d'un rhinoféroce !

*« L'imagination est parfois trompeuse,*
*la réalité l'est toujours. »*
LE SCARABÉE.

## 18

# Tire-m'en deux, c'est pour offrir

*Vendredi 11 avril, 15 heures.*
*1 jour et 2 heures avant l'exécution du traître.*

Harassés, la bouche pleine de poix et altérés par des heures de marche, nous longeons une mare asséchée où des échassiers roses, peut-être des flamands égarés de chez Dutrou, font une halte sans espoir.

Une écume peu ragoutante aux coins des lèvres, Béru me désigne les oiseaux de passage.

– Tu vois, Grand, moi j'ai jamais réussi à t'nir sur une seule patte comme ces espèces d'hérons, même du temps que j'buvais pas. Un problème d'centre gravitationnel, d'après la faculté. Ma merde qui reste trop haute dans mes intestins, ou une couillonnade du genre. Tu boivrais pas quéqu' chose, toi ?

– De l'eau, mon pote, si elle était potable.

– Moi z'aussi... ou un alcool léger, un wouisky d'après-midi, comme dit Eddy Mitchell, et mieux z'encore un juliénas ou un chenas frais démoulu du tonneau. Tu t'souviens de ces émotions papillardes : le goût de fruits rouges à dominante cassis, un rien d'fleur d'acacia, un soupçon d'banane à la vanille... Y'èguesiste forcément un bon Dieu pour inventer des choses pareilles ! Alors y a pas d'raison qu'Il nous abandonnasse, nous qu'on a toujours servi la république ! J'admets qu'parfois j'ai avoiné des gens plus que d'us et costume et qui z'étaient pas forcément découpab's. Mais comment être sûr à sang pour sang qu'un mec est innocent avant de lui avoir pété la gueule ? N'importe quel coupab' t' vend d'la salade en prétendusant qu'il a rien fait, qu'y dormait chez sa vieille mère qu'est sourde des deux pots. La police m'a ensaigné qu'pour s'prévaloir d'une innocence blanc-bleu, fallait d'abord z'être capable d'encaisser des gnons.

« C'est comm' avec les sans-papiers... Moi, ça

m'casse les burnes qui z'aillent occuper nos églises, pisser dans l'tronc, chier dans l'bénitier, même si j'ai jamais r'tourné à la messe d'puis l'baptême à ma cousine, qu't'a pas connue vu qu'elle est morte de la polio en bazage. J'admets qu'tous ces pauv' bougres ayent le droit d'subister ailleurs qu' à Sans-Gratte ou dans les campements de la Croix-Rousse. Des fois, pour changer, y d'vraient occuper des mosquées, des ciné-à-gogues, des temples à Boudin ou à Fichnou ! Pourquoi investisser toujours nos cathédrales, qu'elles soyent romanesques ou grotesques ?

« Qu'est-ce qu'on leur a fait à ces gens pour qu'ils rappliquent tous chez nous d'partout ? D'accord, on les a occupés, mais on leur a enculqué not'civilisation. Au prélavable, y croyaient qu'à des conneries d'sorciers. C'est surtout d'not' morale qu'on les a imprimés. Ces barbares n'hésitaient pas à couper la paluche d'un voleur alors qu'chez les Ricains du jour d'aujourd'hui, pour l'exemple, on t'gazifie, t'électroculte à haute volta, on te piquouze avec respect. Faut leur faire entrer la modernité dans la noix de coco, à ces mécrégnants !

« Si tu voudrais mon avis, Antoine, la seule manière qu'on aurait d'régler l'problème des sans-papiers, c'est d'leur filer des papiers ! A'ec un sourire de m'sieur Jacquard en prime, un mot d'escuse d' l'abbé Pierre, et une turlute gratos de la fille à L'Eau Vive qui joue très bien, chante mieux et moins longtemps qu' son père mais a eu tort de s'faire siliconavaler le museau, l'idiote.

« C'que je préconnerise en priorité, c'est d'expédier dans les pays du tiers-monde un nénarque boutant plus un technocrate-papier pour chaque migrant qui débarque chez nous, et tu verras qu'bientôt chacun préférera rester chez soye. Parole !

Nozobstant les délirades du Fou du Roi, je tente de faire le point dans ma calebasse. Tu dois me prendre pour un borné de chez Bornéo de m'entêter ainsi à marcher vers le Sud-Est. Avec la même stupidité, les Dupond/t suivaient leur pendule en répétant : « Plus à l'ouest ! »

Tu penses que je te cache quelque chose, une info secrète de Jérémie, que je me méfie de toi ? Il est vrai que sous la torture, pigeon veule tel que je te sais, tu balancerais tout.

Rappelle-toi : tu n'as pas su tenir ta langue

quand ta petite sœur s'est laissé caresser par ton copain Roger. Tu as dénoncé le bidasse qui avait chié dans les pompes de l'adjudant, cafté le meneur de la manif' au représentant du patron, sifflé un penalty de complaisance lorsque t'étais arbitre, accepté que ta femme se fasse faire la totale plutôt que de s'abstenir au moment de déposer ton bulletin dans l'urne. Toute ta méprisable existence, tu as fouetté les chatons et redouté les matous. Tu as lorgné par des trous de serrure et rien vu des plus larges horizons, écouté les propos de crétins de hasard et jamais entendu trois notes de Mozart. Tu as senti l'aisselle de voisins de métro sans chercher à connaître le parfum d'une rose. De ma mémoire je te gomme, jamais tu ne seras un fils, mon homme !

T'as l'impression que ma citrouille part en halloween ? Moi aussi. Ce doit être la soif, le chaud et l'effroi, la friction avec l'Afrique, plutôt. Bien sûr que je délire. Jérémie ne m'a confié que ce que je t'en ai dit dès le départ, et seul mon devoir poulardin m'attire du côté de chez les Vomaringos.

A cet endroit, la piste se scinde en deux sentiers qui s'écartent à quatre-vingt-dix degrés, soit grosso merdo la silhouette d'un angle droit.

– Votre avis, docteur ? s'interroge Alexandre de vive voix.

Je tire de ma saharienne de commissaire broussard (achetée à Tamba, j'omis-je de te dire) une carte de la région datant de Savorgnon de Bazar (emplettée dans le même estanco).

– La direction plein Sud me semble à présent la plus indiquée, indiqué-je.

– Comment t'est-ce tu r'connais l'sud quand y a pas d'mousse pour t'montrer l'nord, ni d'étoile polaroïd ?

– La position du Soleil.

– Faudra qu'tu m'respliques. A Saint-Locdu, j'ai partagé la table des scouts, patrouille des Grandes Oreilles. On m'a appris toutes les ficelles d'l'orientation. A c't'époque-là, j'eusse été capab' d'me diriger du détroit d'Berlingue jusqu'au pénis de Panorama, sans GPL, rien qu'à vue d'nez. M'avec le temps, va, tout s'en va.

– Tu devrais écrire des chansons, Béru.

Nous optons donc pour le petit chemin qui

sent le fennec. Lichens, aloès et cactées parsèment le décor. Il me semble reconnaître un *bouillavier à fleurs sulfamides*, un *foutrinium penniséqué* et quelques *glanduria mordorés* qui feraient la joie d'un botaniste, lequel sous ces latitudes est en général britannique, boit force thé sans sucre et whisky sans glaçon, ne bande plus que rarement mais abreuve de communications circonstanciées l'Académie royale d'orchidologie.

Un homme gît en travers de la piste, seul et donc sans connaissance. Sa peau est noire, son treillis caca d'oie ; un os de Kazisanzo lui perce l'oreille.

– Un rebelle vomaringo ! m'extasié-je.

– Les salopiauds qu'ont enlevé ma chère épouse ?

– La même ethnie. Et... sans doute le même commando !

Je ramasse un bracelet d'or broutille enroulé sur la coquille d'un escargot local.

– Regarde ! Il n'appartiendrait pas à Berthe ?

Le regard du Mastard devient flou et un sourire de convoitise illumine sa grosse trogne.

– Dis-moi, les escarguinches du patelin, a'ec

leur casbah en forme de bigorneau géant, tu crois qu'y sont bons à briffer ?

– Excellents ! Mais çui-ci est canné, et c'est de la chaînette de ta laie qu'il est question. Car c'est bien à elle, cette pacotille ?

Béru réalise soudain la portée de cette découverte.

– Bien sûr ! J'y ai offert moi-même. Elle l'appelait son piège à sagouines ! Berthe s'l'attachait autour d'la ch'ville, les lèchebiennes s'y laissaient prendre, et hop, elle les ferrait et s'les faisait ! Astucieux, non ?

– Malin ! Comme si tu te baladais en minijupe au Bois pour te faire sodomiser.

– J'voye pas l'rapport ! se refrogne Monseigneur Soiffard. N'empêche qu't'es sur la bonne voie, Tonio. Chapeau bas ! Tu penses qu'on va la r'trouver vivace, ma Berthaga ?

– Seuls les rebelles le savent.

La furibondrie de l'Instable est immédiute et incommenstrelle. Il brandit son poing velu à l'encontre de l'homme allongé.

– J'le zigouillerais bien, mais l'est d'jà canné.

– Assurément pas ! rectifié-je. Sa poitrine se soulève avec une certaine régularité, et si, à l'instar de Sherlock Holmes, je disposais d'un miroir de poche, il se brouillarderait devant ses lèvres.

– Alors, j'le tue ?

– Laisse-le d'abord parler.

Je tapote les joues de l'individu :

– Monsieur ! *Mister ! Missié ! Bwana ! Ghor ! O'Kor !*

Rien n'y fait.

– En quoi qu'tu lui causes, là ? Laisse-moi faire.

Il assène une série de mandales au moribond qui émerge illico de sa trompeuse torpeur.

– Tu vois, quand on parle a'ec les mains, on est tout d'suite compris.

Semblant revenir d'un infernal séjour, le Vomaringo exhale un râle d'exténuance.

– Le monstre m'a tuer ! souffle-t-il.

– Quoi ?

– Le monstre m'a tuer !

– Quel monstre ? demande Béru.

– Là n'est pas le problème, dis-je. Ce qui m'étonne c'est qu'il ait mis un « r » à « tuer ».

– Comment qu't'as entendu ça, toi ?

– Parce que j'écris dans ma tête, avant de faire

parler mes personnages. Ce type doit se prénommer Omar.

Peu enclin à lire entre les lignes ennemies, l'Éminent répète :

– Quel monstre ?

Le rebelle se tient coi. Il n'est pas le seul. Un silence de mort vient de s'abattre sur la contrée.

Les flamants s'assurent sur deux pattes et dérosissent à vue d'œil. Les vautours se parapluisent au faîte des albizzias, les hyènes se tapissent et rient, les insectes rentrent leurs antennes et rabattent leurs élytres, devins.

Même Béru, avec son grand sens de la poésie abstraite n'est pas insensible à la quiétude qui vient subitement de tomber.

– Qu'est-ce qui s'passe ? J'ai pété ?

– Ta gueule. Galope le plus loin possible ! lui lancé-je.

L'Effroyable obtempère.

Nous cavalons comme des dératés, même si j'estime que ma rate me gêne moins dans ma progression que ce qui gonfle mon bénard, les témoignes ne manquent pas.

Un sifflement lugubre.

– A terre ! hurlé-je en plongeant.

Alexandre se jette à gras ventre auprès de moi. Bien lui en prend, car une roquette nous passe au ras de la fontanelle et s'en va exploser là où nous aurions dû nous tenir sans mes aguets à toute épreuve et les réflexes de Sac à vin.

Un second missile frappe encore plus près.

Un magma de margouillis et de latérite concassée nous bouligue, nous profuse, nous encouvre.

Lequel enfouissement va se révéler salutaire.

Un hélicoptère surgi de l'adret d'une colline vient rôdailler et tournicoter comme une mouche à merde au-dessus de nos carcasses. Les fumiers à son bord doivent estimer leurs tirs efficaces car le bruit du rotor bientôt s'éloigne et s'estompe.

Nous attendons qu'il se soit tout à fait évanoui pour nous relever, nous extraire des décombres et nous épousseter.

La bille maculée de Béru m'adresse une mimique penaude :

– Tonio, j'te jure qu'j'ai pas pété !

Je néglige la réflexion.

– Il a eu moins de chance...

A dix pas de nous, le Vomaringo n'est plus

qu'une bouillie sans os. Le monstre l'a tué. Et il venait des airs.

Béru hoche ses épaules pour finir de se désensabler.

– J'ai r'marqué l'engin : on voit les mêmes aux actualités d'la télé.

– ... c'était un appareil de l'armée américaine !

– Ouolof course ! C'est toujours eux qu'écrasent ceux qui sont déjà dans la purée.

N'en veuille pas à Bérurier pour son anti-américanisme primaire ; il a une bonne excuse à cela : il est français.

*« L'innocence n'est pas un droit,*
*mais un devoir. »*
LE SCARABÉE.

# 19

# Le trouillomètre à zéro

*Vendredi 11 avril, 18 heures.*
*23 heures avant l'exécution du traître.*

La plupart des gogos rêvent d'une place « au soleil ». Ils s'offrent à prix d'or la boutique en vue sur le bon côté des Champs ou un appartement sur le versant clair de la rue du Bac. Qu'ils viennent faire un tour dans le vrai Sud, si ça leur chaut !

L'ombre est une denrée rare et précieuse, en pays sub-ça à rien. Elle se monnaye d'ailleurs bonbon dans les arènes de Castille.

Le gars Béru et ma pomme avons trouvé refuge dans l'entrelacs de racines cubiques d'un banian racorni. A l'ombre providentielle de l'arbre mort de soif, j'ai dressé l'inventaire de nos ressources. Elles sont piètres. Côté armes : l'aiguille empoisonnée, que j'ai fichée dans un bout d'écorce pour éviter tout risque d'accident, et mon inséparable Opinel. Sur les reliefs du malchanceux guerrier vomaringo j'ai également récupéré un briquet en état de marche et une flasque de ratafia à réveiller un mort que j'ai naturellement soustraite à la convoitise du Gros. Car la seule différence entre Béru et un Alcoolique anonyme, c'est que lui est parfaitement identifié.

Et j'ai fini par m'assoupir, lové entre les sarments torturés de l'arbre défunt. Le temps que nous passons à nous réparer dans les bras de Morphée devrait nous être crédité par Le Suprême dans le décompte final, car il est bien moins inutile que celui que nous consacrons à nous agiter et à cogiter pour rien.

Un chatouillis sur ma nuque, une voile hissée sur ma gouverne en hivernage, et c'est l'embarquent pour cinq ou six terres. Je me revis dans les bras d'Alizée Van de Traupijk, t'en souvient-il, la jolie Belge auburn et climatologue qui m'hébergea à l'aéroport de Dakar ? Ça te revient,

Lucien ? Nous avons archimédé dans la baignoire, zambézé sous la douche et mis à mal pour finir le mobilier de la suite.

Pourquoi un songe me ramène-t-il vers cette femme étrange, promise a priori aux oubliettes de ma mémoire ? La façon cavalière dont je larguai icelle, peut-être ? (Rappelle-toi, je l'ai beurrée comme une tartine puis lui ai chouré des fringues). Le rappel ému de son parfum, de ses baisers tandis que je la ramonais ? Ou son regard de malachite[1] hypnotique et envoûtant comme celui d'un naja ?

Volupté d'un doux rêve : ses lèvres errent encore dans mon cou, le long de ma gorge, sur mes amygdales, mes amies...

Mygales !

Des mygales ! Par dizaines, par centaines, par myriades ! Larges comme des soucoupes, noires, crochues, ventrues et velues. Elles grouillent et se grouillent sur tout mon corps, jusque sur mes joues.

Hurler, bondir reviendrait à me condamner à subir une tripotée de morsures toutes plus

1. Bien malachite ne protite jamais, souviens-t'en.

mortelles les unes que les autres, sachant que la première reléguerait toutes les suivantes dans la superfétation.

Je me fige. Mon immobilité confine à la statuaire. Au vrai, je ne ressens aucune agressivité chez cette meute d'araignées, plutôt une prise de possession. Je me demande si elles m'évaluent comme proie ou territoire conquis. Reconnais que deux narines, deux conduits auditifs, une bouche béate, le méat d'un gland et un trou de balle constituent sept nids de qualité pour y déposer des pontes d'arachnides.

Me mouvant avec la lenteur d'un ay sous Prozac empêtré dans de la laitance d'hévéa, j'accapare d'une main la fiole de gnole, de l'autre le briquet. Je me transvase à petits glouglous une bonne dose d'eau-de-feu que je vaporise hors mes lèvres en battant le briquet.

S'ensuit une enflammaison qu'on ne saurait comparer à du napalm, ma biche, plutôt au spectacle d'un cracheur de feu sur le forum des Halles.

Quoi ? Tu as déjà vu une scène analogue dans un film ! C'est fou, le nombre de créateurs qui me piquent mes idées avant que je les ai eues !

Toujours est-il que ça fonctionne !

Les mygales se disséminent vers les altitudes du banian, et moi je m'exsinue de ses serpentines racines, le souffle court, le cœur battant le tam-tam.

Je découvre un Béru enrogné faisant tournoyer par la queue un énorme et pâle python à l'instar du fouet de Zorro. Il envoie valdinguer le serpent loin dans le lit d'un oued à sec.

– Figure-toi que j'le caressais, croyant qu'c'était ma bite. J'la trouvais mollassonne et frisquéquette mais j' rêvais qu'ma Berthe allait m'la réchauffer un brin. Quel pat'lin pourri, j'te jure !

Nous nous remettons en route, écrabouillés de chaleur. Le mahomet nous frédéricdarde sans ménager ses rayons. Son penchant vers le ponant laisse présager un déclin salutaire à nos silhouettes lessivées.

– Mais où qu'on va comme ça, San-A ?

Je désigne l'horizon sud.

– Par là-bas.

– C'est vague. Pis c'est loin...

– Oui, mais c'est notre but.

Le Kolossal ôte sa liquette et en éponge son

front liquéfié. Son torse blême, foisonnant d'insalubres pilosités brunasses, évoque le plastron de certaines guenons ou la serpillière du soir d'un hospice gériatrique.

– Si c'était pas de r'trouver ma chaire et tend', j'te suivrais pas dans c'te chevauchée fantasque, Tonio ! J'retourn'rais à Drakkar où c'que not' pauv' Mâchuré va z'être fusilié sans que tu levasses le p'tit doigt.

– Chaque chose en son temps, Alexandre.

Nous cheminons par une piste malaisée qui escalade une colline au pied de laquelle ce qui fut une rivière n'a laissé qu'un méandre de pierrailles. Quelques squelettes d'herbivores blanchis par l'alternance des soleils et des lunes, un parsemis de buissons en mourance, des plumes de volatiles volatilisés égayent le décor. Des coques d'escargots morts jalonnent notre trajet.

« Ils ne savent plus baver », disait ma belle Alizée.

$E = mc^2$, peut-être ? $\pi$ vaut assurément un truc genre 3,1416... Mais l'$H_2O$, coco bello, c'est mille fois plus et mieux que tout l'or du monde, quand elle te fait défaut. L'eau et l'amour sont de même nature : leur manque détermine leur importance.

En dépit de ton incuriculture, t'as déjà entendu parler du choléra ? Un terme terrorisant, à te foutre une chiasse noire. Sais-tu qu'un peu d'eau propre et quelques morceaux de sucre suffisent à en venir à bout ? Qu'en Afrique ou ailleurs, le déversoir d'un Canadair pourrait éradiquer une pandémie de cette vérolasse ?

Seulement la flotte, mon pote, elle appartient aux richards, et faut voir comme ils se l'accaparent ! C'est à sa consommation d'eau par tronche d'habitant que tu mesures le véritable niveau social d'un pays. On te rebat les couilles, te tanne le cervelet, légitimise des bastons au nom du pétrole. Foutraise ! Imminemment, c'est avec l'hydrogène de l'eau que ta bagnole se faufilera dans les embouteillages du dimanche. On sait déjà le faire, pas encore le rentabiliser, mais fais confiance, ça va venir.

Alors, les z'huns et les z'hôtes, possesseurs de nappes de naphte, guerroyant depuis des lustres pour mieux nous endoffer, se le feront mettre profond à leur tour, d'autant plus que les huiles lourdes, ça graisse bien le fion.

Comme s'il avait suivi dans un amphi cet enfilage de rudiments géopolitiques, l'Enflure se plante devant moi, la mine défaite mais résignée d'un navigateur solitaire chutant de son barlu dans une mer glacée à cent milles des côtes[1].

– Tu sais que j'boirais bien ma pisse, suffoque cette Otarie tarie.

– Qu'est ce qui t'en empêche ?

– J'ai rien bu, c't'e bonne blague, alors j'ai rien n'à pisser ! Adoncques, j'ai rien n'à boire !

Notre pérégrination se poursuit vaille que vaille. Les escarpements se multiplient, croissant en difficulté. Au lire de ma carte, nous sommes entrés dans le district de Bezmatata, domaine réservé des Vomaringos et des Kazisanzos, peuplades d'origine mystérieuse ayant toujours refusé l'assimilation et parlant des idiomes incompréhensibles par les autres ethnies.

A l'ombre improbable d'une broussaille, un Noir en treillis dépenaillé trône sur un bidon rouillé. Mal en point, l'homme dodeline. Il a

1. Je pense souvent à toi, Tabarly, dont les silences soufflaient mieux que le vent.

les joues caves, le regard retranché au fond des orbites.

Béru se rue sur lui, le bouscule, s'empare du jerrycan et ingurgite les dernières gouttes du liquide qu'il renferme.

– Tu es complètement louf ! gueulé-je. C'est de l'essence.

– Et alors ? Ça requinque !

Le Gravissime secoue ses bajoues.

– Faut reconnaît' qu'ça décape !

Je me penche sur le zigue exténué. Os de Kazi-sanzo dans l'oreille : pas de doute, il s'agit encore d'un Vomaringo. Je tente de l'interroger, mais ses humanités ne l'ont pas conduit jusqu'à l'apprentissage des langues d'Oc (abrégé d'Occidental).

Je parviens à piger qu'il a été victime d'un monstre. Je ne tire rien d'autre de cette épave, hormis la conclusion suivante dont je fais part à mon acolyte :

– Selon Diop, les rebelles qui ont embarqué Berthe étaient au nombre de trois.

– Exaguète ! Roulaient à bord d'une Jeep en fn de vie...

– Dont le bidon que tu as eu le privilège d'égoutter est le dernier vestige.

– Ce dont tu concluses ?

– Réfléchis bien. Le premier homme du commando a été abattu par l'individu au Scooter rouge.

– Ça fait un !

– Le second, on l'a vu se faire tartiner par les missiles, continué-je. Et celui-ci est le dernier !

– M'alors, ma Berthaga elle est passée où ?

– Toujours dans la Jeep. Le jerrycan abandonné prouve qu'on a fait le plein du véhicule avant qu'il ne continue sa route.

– Elle a été enlevée à ses enleveurs ?

– Possible.

– É s'rait entre les pattes du « monstre » ?

– Pas exclu.

– Qué c'qui va lui adviender ?

– Dieu seul le sait, Béru, ou peut-être bien les sorciers du village vomaringo ! Poursuivons notre route...

J'empoigne le rebelle par les épaules et l'oblige à se relever.

– Aide-moi à trimbaler ce type, Alexandre.

– Tu rêves tout d'bout, Antoine ! Tu croives qu'je vais j'me crever la paillasse et abuser d'mes dernières synergies pour renflouer c't'énergu-man ?

– Peut-on abandonner en plein désert un homme à son destin ?

– Le destin, c'est pas moi qui l'décide ! Si y doit crever, c'Négro, faudra z'en référer au chef d'son totem.

– Merci quand même pour ton aide.

D'un effort sur... ? – humain !... Bien vu ! – je charge le rebelle comme un sac de coke.

– Arrête tes conneries ! rouscaille Bérurier. Y a que les z'héros du style Gary Coupeur ou Johnny Walker qui réussissent des z'esploits semblab' dans les films à succès !

– Justement, Béru, je suis un héros pointu et j'écris un livre à succès ! Si tu m'aimes, tu me suis... Sinon, tu restes un second rôle.

Au bord d'une hystérie événementielle, le Mastard se met en travers de mon chemin.

– Boug' de con ! Ce fumier qu'tu charries, j'ai tant d'sympathie pour lui qu'je l'égorgerai bien pour boire son raisin, si j'craignais pas les maladies trop piquables !

Il me désigne des traces de pneus, lisibles dans la terre rougeâtre de la piste.

– Regarde un peu ! Il a pas plu ici d'puis qu'les nuages ont été inventés. C'est clarinette : la Jeep a fait d'mi-tour. Les nouveaux kidnappeurs à ma Berthe sont r'partis dans l'aut'sens !

– Écarte-toi, Gros Sac, crié-je, d'un ton menaçant, je sais où je vais !

Se sentant cancre et las, Alexandre tombe à quatre pattes :

– J't'en supplie, mon Antoine, fais-moi confiance. J'devine qu'l'Afrique t'a mis du jeu dans l'ciboulot. J'sus trop vioque pour m'accrocher à tes basques. Renonce, ou j'm'en vais.

– File ! dis-je en le contournant.

Lesté de mon fardeau, je pèse mes pas, escaladant un tertre que j'espère le dernier, qui n'est que le suivant.

La silhouette du mastodonte s'amenuise et s'éloigne. En un quart d'heure le pachyderme serait devenu fourmi si je m'étais retourné.

Est-ce la première fois qu'il me délaisse ainsi ou que je l'abandonne ? Seuls quelques lecteurs de la première heure sauraient encore me le dire. Moi, ma mémoire ancienne me fait des siennes, Étienne. Mes forces partent en déconfiture. Un reste de volonté m'obstine vers la fuite en avant.

Je marche, marche, marche, me référant au théorème d' Audiard et Ventura qui veut qu'un con pressé va toujours plus loin que deux cerveaux lents.

Pourquoi éprouvé-je la soudaine impression d'être observé, suivi ou précédé ?

Un éclat de soleil renvoyé par la lentille d'une jumelle ? Une brillance furtive dans la lunette d'un fusil ? Un flash de mon imagination ? Un phosphène ? Un mirage... ?

Depuis que j'ai posé mon mocassin de grand bottier sur le sol africain, j'ai le sentiment de vivre dans un rêve tournant souvent au tourment.

Je t'ai habitué, vieux lascar, à ces périodes de doute profond. Je t'ai embarqué sur l'esquif de mes incertitudes, sur le radeau de mes médusances, et je t'ai toujours ramené sain et sauf à bon port, gavé de souvenirs.

Là, je ne promets rien ! Mon épuisement est tel que je suis prêt à lâcher la rampe, à rendre mon tablier d'homme, à accepter l'inéluctable fatalité.

Tu vas trouver bien futile, en cet instant de lourde tension dramatique, la seule pensée qui m'occupe : suis-je en train de vieillir, ou seulement de mourir ?

Réponse dans un instant, après une page de publicité.

> « Pour toutes les questions que tu te poses à mon propos, mon vit, mes œufs, une seule adresse : Les Amis de San-Antonio, 1, rue des Moissons, 04000 Digne-les-Bains. »

Cher lecteur, chère lécheuse, nous revoilà-ci-donc en direct pour la suite de notre roman du jour : *Les escargots ne savent plus baver.*

Un grognement derrière moi ! Je fais un 180 volte et laisse choir de saisissement le faix humain sous lequel je ploie.

Un guépard me fait front, gueule ouverte, feulement rauque roulant dans sa gorge. Chacune de ses ratiches constituerait un charmant pendentif en lieu et place de ta médaille de baptême et un honorable gode-à-cul pour l'initiation de ta copine (ou de ton copain, j'ai abjuré le machisme).

Ce fauve existe-t-il pour de vrai ? Se pourrirait-ce qu'il se soit évadé de mon songe initial, de mon cauchemar initiatique ? Ou bien est-il le descendant de cette bête à qui je rendis jadis la liberté dans un Congo aussi farfelu que le Sénégal où je m'égare ?

A sa façon de contracter ses pattes arrière qui sont, idée reçue ou pas, je ne vais pas aller mesurer maintenant, sacrément plus longues que celles de l'avant, je sais qu'il va bondir incessamment sous peu.

La tentation lâche et sordide de lui « offrir » mon comateux Vomaringo effleure cette cervelle qui enrichit depuis un demi-siècle sinon la littérature, du moins le temps de lecture du peuple français. Mais la conscience pure qui l'habite récuse cette noire pensée. Tu me vois, *San-Antonio for ever*, se transmuter en *for never* sous l'effet d'une si trouille ? Bien au contraire, mon énergie centuple.

Alors je dégage mon Opinel de compétition, l'ouvre, tourne la virole et en assure la lame dans ma paume.

« Rappelle-toi que tu fus lanceur de couteaux

factices à la fête des écoles de Saint-Cloud, il n'y a pas tant de lustres ! »

C'était la grosse Gisèle qui servait de cible, la fille d'un chirurgien réputé et député. Elle était morte de trouille du bas de ses jeunes années et du gras de ses kilos. Son docteur de papa lui avait rédigé une dispense de gymnatique. Elle patientait dans les vestiaires, reniflant les shorts des garçons. Puis elle s'asseyait sur les gradins du stade à nous regarder cavaler, lancer des poids minables, menacer les copains avec des javelots et sauter au-dessus d'un élastique des hauteurs à faire ricaner un kangourou nain.

J'étais sans doute le seul à te remarquer, petite boule bouddhique enroulée dans sa graisse, confite en elle-même, résignée à son obésité et au regard des autres, à l'absence de tout contact et de tout jeu avec ses camarades.

Si la compassion est parente de la passion amoureuse, alors je t'ai aimée, Gisèle. Lorsque je t'ai demandé d'être ma partenaire au lancer de couteaux, tu as voulu savoir pourquoi je t'avais choisie. « Parce ce que tu es la plus belle », t'ai-je répondu. Tu ne m'as pas cru. J'ai ajouté que tu étais aussi la fille la plus sympa de l'école. Tu méritais ces mensonges.

Je me souviens que tu trouvais anormal et une manière de tricherie de prendre comme cible la plus grosse des filles. Juliette, la jolie menue, t'aurait semblé plus adéquate. Peut-être espérais-tu que je lui transpercerais le cœur d'un geste mal ou trop bien ajusté ?

En vérité, j'avais calculé qu'en comparaison de ta masse imposante l'écart de mes lancers paraîtrait insignifiant. Les motivations d'un adolescent sont aussi impénétrables que le cul d'une chaisière.

Je t'ai revue, l'an passé. Tu avais pris trente ans, presque autant de kilos. Tu avais épousé un riche abruti, collègue de ton père. Tu vis désormais dans un ennui notarial. Longtemps tu penseras à tous ces dards qui n'ont jamais atteint le mille de ta sensualité.

Le guépard bondit.

Mon couteau fuse, le frappe en plein museau. Côté manche ! Ainsi pratiquent les lanceurs du dimanche.

L'impact stoppe net la bête mais avive sa

fureur. Le carnassier recule de deux foulées, me fait face à nouveau, grognant de haine humiliée.

Je pense alors à l'aiguille empoisonnée qui occit ce brave docteur Hornaught. Je la dépique de son bouchon protecteur.

« Rappelle-toi que tu fus le roi des fléchettes au Mich'Rock Café ! »

Au temps de mes études flicardes, je flânais souvent dans ce troquet à mi-chemin entre Suresnes et le pavillon où m'attendait, sans déroger à sa patience, ma bonne Félicie.

Les jeunes du quartier, qui ont continué depuis à prendre de la bouteille, me défiaient devant la rondelle de liège. Il se moquaient de mes menthes à l'eau en s'appuyant des dizaines de « babies », gentil surnom qu'on octroyait à l'époque aux whisky peu dosés.

Je raflais toujours la mise grâce à mon abstinence bien plus qu'à mon adresse. Je les épatais et levais à l'aise leurs gonzesses en guise de gage. J'ai dû faire plus de cocus dans le secteur du mont Valérien que de morts civils les bombardements de Dresde en 1945.

Le fantasque félin appuie sur sa détente et

s'élance. L'ombre de ses griffes et de ses dents dévore le soleil, plane au-dessus de moi. Mes réflexes, même en délire, tu les connais ?

La flèche gicle, tel le foutre de la main de Zeus.

Résultat ?

Tu ne crois pas que je vais te laisser t'endormir avant le chapitre suivant ?

*« La jeunesse appartient à ceux qui la désirent. »*

LE SCARABÉE.

## 20

# Ma sale peau blanche

*Vendredi 11 avril, 20 heures.*
*21 heures avant l'exécution du traître.*

Piqué en pleine gorge, le guépard cabriole, se cabre, se crispe et retombe raide mort. Au vif soulagement que tu peux imaginer, René, succède une dense perplexité.

Si par mégarde le griot qui gère ton âme t'a doté d'un soupçon de jugeote, tu dois te poser la même question que moi. Sinon, éclate-toi au potassium, au magnésium, au silicium, bouffe des épinards et passe tes intérieurs au minium, Ton cerveau réclame un câlin d'éléments alacalins et ferruferruferrugineux.

Il faut que tu le saches une fois pour tourtes : un roman de San-Antonio est un jeu de l'oie dont tu ne dois jamais négliger aucune case. Chaque proposition que je rédige, le moindre détail que je te prodigue constituent autant d'indices. La place revenant au hasard dans mes stories n'est qu'une scorie. Si un tel résidu subsiste, excuse-m'en d'avance, chacun ayant droit à ce que son esprit secrète sa part de déjections.

Une souris morte, tu l'attrapes par la queue pour la balancer dans le jardin du voisin. Tu es fier de ta tapette ou des jolis grains roses de ta mort-aux-rats. Mais, au fond de ton âme, un mal-être s'installe. Avais-tu le droit de jouer ce rôle de matador dans la grande chaîne de la vie... où il fallait que nous passions[1] ?

Honte fugace que la sonnerie d'un téléphone, une envie de pisser, la démangeaison d'un petit bouton envoie irrémédiablement au diable.

Ce manteau tacheté à mes pieds pourrait à ravir gravir les marches du festival des deux cannes sur les épaules d'Arielle Dombasle[2] si d'aventure la donzelle décrochait la timbale. La

1. Petit clin d'oreille à Raymond Lévesque, aux Hidalgo et à *Chorus*, le magazine de la chanson francophone.

2. De son vrai nom Marielle Remballe, elle s'est également silicone-carné les lèvres, cette nunuche.

réalité veut que dans quelques heures la dépouille du guépard sera mitée comme le dernier costume de scène de mon regretté Jean Richard, qui fut à l'écran un Bérurier disons... sans commentaire.

S'il demeurait une goutte de liquide dans mon corps, je l'affecterais à une larme pour ce superbe fauve dont le décès ne fut que le corollaire de ma survie. L'envie me prend d'aller retirer l'aiguille envenimée de son col et de récupérer mon Opinel coincé sous son poitrail ; mais je te mets au défi, fiston, d'approcher ta paluche d'une telle gueule, fût-elle remodelée par la mort.

Je préfère m'occuper de mon Vomaringo rebelle qui vagit en contrebas du talus.

Par un éclat inopiné de sa pupille, j'apprends que les misères s'acharnent décidément sur moi. Ce reflet d'épouvante m'invite à volte-facer.

Et là, mon ami, même un écrivain sachant triturer le langage avec ma désinvolture doit s'y reprendre à deux fois pour décrire le spectacle qui lui investit les rétines.

Comment te dire pour que tu comprenasses bien ? Une quinzaine de garçons – je connnais le détail au fait qu'ils sont rigoureusement nus, des ribouis jusqu'à la crinière – dévalent le flanc de la colline en notre direction.

Je pense d'abord que ces jeunes gens nous en veulent, mais mon copain rebelle me fait signe de ne pas moufter.

– Ne bougez surtout pas ! m'ordonne-t-il en français à voix basse et avec peu d'accent grave.

– Tu n'es pas dans le coma, toi ?

– Je faisais mine. C'était moins fatigant de me laisser porter, rétorque le malin malotru.

En effet, les gamins se soucient de nous comme de leur première chaude lance. Ils tentent d'échapper à un ennemi que nous ne tardons guère à découvrir.

Autant d'hommes adultes affublés de masques effrayants, sonnailles en guise de colliers, arborant des costumes décorés de piécettes trouées, de perles à rebours et d'épines de porc-épic, la biroute logée dans un étui de bambou orné d'un triangle de peau d'antilope, encerclent les jeunes dénudés en bramant.

– Il ne faut pas qu'ils me trouvent, murmure le rebelle ; sinon, mon compte est bon.

– Pourquoi ça ?

– Ce sont des Kazisanzos, les ennemis séculaires de mon peuple, les Vomaringos.

Il tapote l'os piqué dans son oreille.

– Ce trophée prouve ma bravoure et me condamne.

– Tu crois qu'ils nous ont vus ? dis-je en m'aplatissant comme une crêpe chez Suzette ou un crêpe de chez Borniol.

– Sûr. Mais pour l'heure, ils ne s'intéressent pas à nous. Les jeunes doivent d'abord se battre avec les anciens. Il s'agit d'un rite d'initiation. Quand les adolescents auront été vaincus, ils auront le droit d'intégrer le groupe des masques. Tous ensemble feront une grande fête, et alors ils nous attaqueront. Moi, ils me tueront, c'est certain. Toi, puisque tu as la peau blanche, peut-être t'offriront-ils aux plus jeunes pour tester leur virilité ?

Tu sais tous les périls auxquels j'ai déjà échappé dans ma longue carrière ? Mon confrère et ami Raymond Milési s'est amusé à les lister, preuve de patiente et omnisciente passion. J'ai essuyé dix-sept rafales de mitraillette, vingt-sept tirs de revolver, une flèche en pleine poitrine. J'ai subi quatorze attaques à l'arme blanche (couteau, poignard, rasoir, sabre, scalpel), supporté vingt-trois explosions (sans compter les roquettes de tout à l'heure), soutenu cinq assauts de serpents, survécu six fois à l'épreuve du feu, encaissé trente-sept fois de violents coups de poing, matraque, barre de fer, crosse, tisonnier. J'ai manqué d'être noyé à sept reprises, été vingt fois empoisonné, drogué, gazé, contaminé. J'ai failli être décapité, embouti par une presse à épaves, asphyxié dans un tombeau, écrasé par un éléphant, dévoré par une ménagerie de bêtes fauves, broyé par les glaces polaires. Je suis même tombé sans parachute d'un avion en vol... pour être recueilli dans les rets d'un ornithologue. Mais finir empapahouté par une poignée de godelureaux aux confins des civilisations, merde !

Au risque d'abjurer tous mes lazzi passés, j'aurais encore préféré crever en habit vert, une épée pour de rire non dégainée au flanc gauche.

– Allez, on se barre ! décidé-je, amorçant un mouvement dont le rebelle endigue la fougue.

– Nous n'avons aucune chance ! Ces adolescents peuvent courir dix lieues sans tirer la langue. Ils nous rattraperont.

J'observe le soleil décliner de l'œil vers le rouge horizon.

– La nuit s'en vient, on pourrait se cacher ?

– Les hommes de nos races voient encore mieux dans le noir que les chats-huants !

– Alors quoi ? On se laisse niquer puis trucider sans réagir ?

– J'ai mon idée, dit le Vomaringo. Le guépard va nous sauver ! Les Kazisanzos raffolent de sa viande. Ils vont le dévorer à belles dents pour nous narguer, nous qui l'avons trucidé.

– Sa viande est empoisonnée... commencé-je-t-à piger, amer d'avoir laissé l'astuce germer en un autre encéphale que le mien.

Une vedette de téléfilm te ferait réécrire la scène à son avantage. Dans mes histoires, ô bonheur ineffable, je raconte ce que je veux. Et j'accepte de temps à autre de faire la part belle aux comparses !

– Ils vont tous crever ! se marre le rebelle.

– Sauf s'il y a un végétarien parmi eux.

Le rebelle fronce ses sourcils clairsemés et frisottés comme le pubis d'une vieille danseuse de flamenco en apercevant la dent de guépard évadée de ma limouille.

– Mauvais sort, ça ! Grigri maléfice !

– On m'a assuré du contraire.

– Il faut enlever...

Il tend la main pour m'arracher le pendentif. Je lui attrape le poignet et le tord avec une hargne insoupçonnable chez un individu de ma civilité.

– On ne touche pas ! m'entendé-je gronder.

La nuit est tombée comme un poids olympique sur l'orteil sujet à la goutte d'un commissaire officiel.

Tout se déroule selon les prévisions de Noos Amoaal – c'est le patronyme de mon compagnon. Les Kazisanzos ont allumé un grand brasier et préparé une broche de fortune. Ils psalmodient et se trémoussent sans discontinuer, buvant et fumant des trucmuches qui les endiablent jusqu'à la transe.

Ils feignent de ne pas nous avoir remarqués, mais la ronde des fêtards décrit un cercle ininterrompu autour de nos deux pommes.

Détail surprenant, Noos Amoaal parle notre langue sans l'avoir apprise, sans avoir même jamais quitté plus de quelques jours son village où l'on ne connaît aucun autre dialecte que le kubitus oriental. D'après lui, ce sont les Loas, les esprits, qui le lui ont enseigné spontanément au cours d'une séance vaudoue. Me raconte-t-il des vannes ou suis-je encore l'innocente victime des sortilèges de l'Afrique ?

Je l'ai interrogé sur son appartenance au commando auteur du kidnapping de la Gravosse, mais là, il m'a joué l'air de la Grande Muette.

Noos me désigne un point qui scintille dans le ciel.

– Regarde cette lumière juste au-dessus des vautours, on l'appelle l'Étoile de la Soif.

– Pourquoi ?

– Depuis qu'elle traverse notre nuit, la pluie s'est envolée et la sécheresse s'est installée.

J'observe l'objet brillant avec attention.

– Il se déplace rapidement, ce n'est pas une étoile, mais un satellite. Des milliers de ces engins se baladent au-dessus de nos têtes. Arrête de fantasmer, mon pote !

Masques tombés, un petit groupe d'hommes mûrs s'apprête à dépecer le guépard lorsque l'un d'eux remarque l'aiguille plantée dans le collet de l'animal.

Des palabres, puis des vociférations de colère font suite à cette découverte. L'homme constituant, ma foi, l'espèce la plus débile de la terre à l'exception de toutes les autres, Messieurs-les-sauvages ont éventé le piège.

Un faisceau de sagaies converge. Tu te doutes que leurs pointes sont dirigées vers nous. Éclairés par des brandons, les guerriers s'avancent lentement, scandant chaque pas d'un cri rauque et vengeur.

Tu crains que je ne te resserve le coup du changement de chapitre en plein suspens ? San-Antonio périra-t-il transpercé par les ardillons ou défoncé par les dardillons ? La suite au prochain numéro... Non ! non, jamais deux fois la même soupe au cours du même repas, ni la même posture dans une partie de jambes en l'air.

C'est très simple, tu vas voir : deux phares illuminent la brousse, éclaboussant de leur éclat jusqu'aux nuages.

Un véhicule rapplique à vive allure.

Craintifs, les Kazisanzos battent en retraite aux flambeaux et ne tardent pas à se fondre dans les buissons.

La bagnole s'arrête, nous éblouit de ses puissants projos. Une portière s'ouvre sans déclencher l'allumage du plafonnier.

Noos Amoaal et mézigue nous engouffrons dans cette brèche de Noël qui nous paraît un havre miraculeux.

Et pourtant, la voiture est une Audi quattro noire.

L'optimisme étant le carburant de l'homme d'action, je me dis que Fiarko, lui, aura peut-être un tube de vaseline.

*« Au lieu de regarder le passé,*
*tourne-toi vers l'avenir :*
*il y a moins de chemin à parcourir. »*
LE SCARABÉE.

# 21

# Têtes et sacs de nœuds

*Samedi 12 avril, 4 heures.*
*13 heures avant l'exécution du traître.*

Le jour où tu as trouvé un lézard mort-né dans ta braguette, tu as été moins surpris que Je présentement.

Au volant du panzer, Béru redémarre en trombe. Il attend que j'aie recouvré souffle et esprit avant de lâcher du bout de ses lèvres luisantes :

– L'était temps, hein ?

– Qu'est-ce que tu magouilles dans cette guinde, Gros ?

L'Alexandre me tend un bout de galette au manioc.

– Si ça te tente ? Un peu rance, mais on sent bien le piment.

Je récuse l'offrande.

– Moi, j'ai faim, implore Noos Amoaal, assis tout d'une fesse sur la banquette arrière.

Le Mastard se retourne et lui balance une beigne modèle familial.

– Toi, tu peux crever, salope !

Et d'ingurgiter la denrée en deux coups de cuiller à crocs.

– Si tu m'ouvrais ta parfumerie ? lui demandé-je, empêtré de mon abasourdance.

– Figure-toi qu'après qu'on s'aye séparé, je m'ai paumé. J'm'sus égaré su' un' aut' chaude piste. L'bazar f'sant parfois bien les choses, j'ai débarqué d'vant un p'tit r'fuge. C'tait pas la cantine de ton pote Savoille, ni même le bouik à la mère Sussu où c'que Pinuche et moi y nous est arrivé d'sévir dans l'même corps, du temps qu'on gardiennait la paix. Juste quat' planches en tôle gondolée et un toit d'palmipède. Là, j'sus accueilli par un nabot sculpé dans un cachou, un Pygmalion ou un Rythmé qu'on appelle ça, j'croive.

« D'urgence, j'y commande un phacochère

grand veneur et un kilbus de rouquin. C'était pas à la carte. J'ai dusse m' contenter d'un plat d'pois chiches aux gros oignons, poussé par un bol de lavasse au thé. L'eau chaude, j'ai rien cont' si on l'allonge a'ec du rhum ou du Viandox. Mais, franch'ment, faut êt' angliche pour lui filer ce goût d'géranium fané !

« Brèfle ! Pendant que j'morfile, on bavarde, essentiellement en français, vu qu'c'est tout c'que j'cause. D'ailleurs, on s'demande pourquoi tant d'gens s'ostinent à parler d'aut' langues difficiles, alors qu'la nôt' on la sait dès tout petit ? D'enfile en aiguille, j'apprends qu'ma Berthe est passée par là quèques z'heures z'au paravent. Elle était seule dans une Jeep d'la guerre de quatorze-trente-neuf. Sûr qu'c'est bien elle, vu qui m'l'a décrite comme une femme très gironde, en combinaison d'soie bordeaux et slip à moustaches. C't'exajustement c'qu'elle arborigénait sous sa rob' bleue n'au moment d'son kidnappinge.

« Elle y a réclamé un peu d'eau, une minette express, et la meilleure route pour Paris. Il lu' a conseillé d'aller à Dakar, ce dont je conteste, étant donné qu'le Paris-Dakar y passe par le cap de Bonne-Aspirance. M'enfin qu'un négrillon connasse pas la géographie, difficile d's'insurger. L'principal, c'est qu'm'a Gravosse soye chienne et chauve !

« J'apprêtais à appeler un taxi d'brousse quand j'voye arriver c'te grosse bagnole noire. Un mec s'en laisse couler et va s'asseoir su' la terrasse qui fait au moins deux millions d'hectomèt' de surface. C'était un blond pédoque...

– Tendance soirée SS plutôt que vacances à Mykonos ? Fiarko !

– Sûrement celui dont au sujet duquel tu m'as déjà causé. C't'homotextuel avait un gros pansement et l'bras droit en écharpe...

– Le bras droit ? Tiens donc ! ponctué-je, énigmatique de chez Sphinx.

– Ce gus n'pouvait pas m'voir, à l'intérieur d'la guitoune. Moi, j'le zobservais. Il avait l'air agacé et il devisait en patois a'ec le taulier. Plusieurs fois, j'ai entendu rev'nir l'nom d'San-Antonio. Visib'ment, y t'cherchait.

« Comme j'avais pas un pellos, j'ai carmé l'bistroquet en y donnant ma ceinture. Elle fait dix fois l'tour d'sa taille, mais il a pris la boucle en laiton pour d'l'or dix-huit carafes ! Y m'a offert ses galettes z'en prime.

« Mine Derrien[1], j'vais faire un tour près d'la guinde boche. L'nez plongé dans un caoua, le zigue n'fait pas gaffe. J'constate qu'les portières sont z'ouvertes et qu'les clés pendouillent au tableau d'bord.

« L'occasion fait l'lardon : je grimpe dans la tire et mets les adjas. Surpris, le couillon m'défouraille dessus, mais ses balles ricochettent su' les vit' blindées. Faut dire qu'cette Audit, on croirait la caisse à J'aime-Band : surélevée d'l'arrière comme pour un lavement, elle bourre à des vitesses superconiques su'les routes les plus nazes.

Béru libère un soupir de tamanoir devant une fourmilière trois étoiles.

– J'avoue sans les forceps qu'j'ai d'abord pensé à rattraper ma Baleine. Mais j'sus comm' tous les bons chiens : con et fidèle à son maître. J'pouvais pas t'abandonner à ton triste hareng sort !

– Sympa.

Troublé par le laconisme polaire de mes remerciements, Jumbo freine et stationne au

1. Salut, trésorier !

beau milieu de la piste. Il enclenche le verrouillage des portes.

– J'voudrais poser quèqu'questions à not' passager, décrète-t-il, en proie à une rogne plus sourde que Beethoven et aussi muette que Harpo Marx.

– Ne te gêne surtout pas, mon gros !

Sûr de sa force tranquille, Béru croise les bras et se retourne vers le Vomaringo.

– J'veux savoir pourquoi v's'avez enlevé ma femme ?

– Je ne sais rien !

D'un crochet succinct au menton, le Gravos extrait les deux dernières ratiches de Noos Amoaal.

– Qu'est-ce qu'vous lui avez fait ?

– Je ne sais rien !

Nouvelle torgnole qui éclate le pif du rebelle. Le sang fait moins impressionnant sur un visage noir, je n'avais jamais constaté.

– Ce gentleman n'a pas l'air très loquace, susurré-je.

– Si c'est pas malheureux, ronchonne Sa Rondeur Sérénissime, c't'incompréhension vicérâble entre les blancs et les barbouillés, après tout c'qu'on a fait pour vous ! Quand j'pense qu'on vous a confié nos poubelles, nos balais, nos truelles ! Qu'on a fabriqué des chômeurs pour vous laisser la place ! On a construit des cités entières pour qu'vous vous sentiez bien rien qu'entre vous ! On vous a appris à cultiver l'café, l'chocolat, le thé, à s'demander c'que vous prendriez au p'tit dèje, sans nous ? On vous laisse gagner en sport, jouer vos musiques de macaques, et même chanter en amerloque, c't'langue que les Butch Brozers font un crachat cont' l'humanité. Et en retour ? Pas un effort, rien qu'du mépris ! V'nous considérez comme si qu'on serait des pariasites ! C'est pour vot' bien qu'on vous s'coue la paillase, d'temps à aut' ! On vous éduque comme des mômes pa'ce que v'z'êtes des mômes. Mais on n'est pas des brutes ! On n'est pas des torchonnaires ! N'empêche qu'si tu réponds pas tout d'sute à mes questions, j'vais t'décalquer la tronche jusqu'à c'que mort s'ensuve, pigé ?

De manière imprévisible, Noos Amoaal esquisse un sourire.

– Dans notre village, on meurt de soif, on crève de faim. On se nourrit de larves et de l'écorce des arbres. J'ai trois enfants et un bébé. Ma femme vend son lait à d'autres mères pour nourir les plus grands. Le petit va mourir. Nous l'avons condamné pour sauver les autres. Et vous croyez m'effrayer, avec vos menaces ?

Un lourd silence s'installe. Béru semble perplexe. Un certain dégoût commence à m'envahir. S'annonce à l'horizon un jour rose layette dans les rameaux morts des baobaborums.

– Sors de la voiture, Antoine, me recommande gravement Son Altesse XXXL. Je veux rester en tête à tête avec ce jeune homme.

J'obtempère, désireux de me détendre les guiboles et de relaxer mes méninges. J'effectue quelques pas autour de la voiture. Mains posées sur le tableau de bord, Béru, concentré, paraît en proie à une exception culturelle. Sur la banquette arrière, Noos a l'air résigné au pire.

Dans la lueur des phares, je vois claudiquer un scorpion, démarche mi-crabe, mi-scolopendre. La semelle de mon soulier se soulève. Mais à quoi bon l'écraser ? Je l'aplatis quand même, en tartine le terreau. L'Afrique me rendrait-elle insensible au point de me faire perdre l'amour des bêtes ? Serais-je en train de larguer mes repères ?

C'est beau, le jour en train de naître, tout irisé et sanglant comme un nouveau-né. Au loin, très loin, se dirigeant vers le sud, passe une nuée d'hélicoptères, libellules de la mort dans la pureté des petites heures. Je ne les entends pas. Le silence sur la brousse est si dense qu'il étouffe tous les bruits.

Du bout de mon index, je caresse la dent de guépard. Puis j'efface une larme qui me perle au coin du nez. La symphonie magistrale de la détresse chante en moi. Il faut écouter ces musiques de l'âme sans chercher à les interpréter. Évanescentes et farouches, elles ne songent qu'à s'enfuir quand on veut les faire parler.

Des coups frappés contre la vitre de l'Audi mettent fin à ma séquence pouet-poète. Transfiguré par l'effroi, Noos Amoaal tente de s'échapper du véhicule. Béru m'indique que je peux lui ouvrir.

Alors là, préparez vos mouchoirs ! Sitôt la portière entrouverte, je suis assailli par une odeur nauséabonde tenant de l'ensilage, du guano et du charnier tchétchène.

– J'crois qu'il est mûr pour causer ! dit calmement l'Immonde. J'y ai craqué quelques louises en vase clos.

J'entraîne le Vomaringo à l'écart de cette puanteur. Tout juste si je ne dois pas lui pratiquer le bouche-à-bouche.

Béru nous rejoint en s'éventant.

– Faut r'connaître qu'la tajine pois chiches-oignons, ça raconte bien.

Il se plante au-dessus du gars, son gros derche à portée de tir des narines rebelles.

– Je re-pète ma question : pourquoi v'z'avez niquetapé ma Berthe ?

– Pour de l'argent.

– V'l'avez violentée comme des sagouins qu'vous êtes !

– Non ! se récrie Noos. Au contraire... C'est elle qui nous a sauté dessus, le monstre ! Elle a commencé par mon frère Noos Sanmoaal. Deux heures, ça a duré ! Il était tellement crevé qu'on l'a abandonné au bord de la piste.

– Et après, ç'a été ton tour ?

– Plus loin, la Jeep est tombée en panne sèche. J'ai rempli le réservoir avec le dernier bidon, et là, elle m'a arraché mon pantalon ! Un monstre, je vous dis !

Béru ne peut retenir un petit sourire ému.

– J'la connais, dans ces cas-là... J'parie qu'elle t'a fait la fourchette de Zanzibar, les z'hérissons endiablés, le doigt de Corfou, le salsifis farceur, la motte de l'abbé Fourré, pompes et circonstances, la belette au terrier, sans-les-mains-sans-les-dents, la fève du samedi soir, cerise sur la forêt-noire, la tremblote du gynéco, le Manchot est d'venu sourd, la douche du Zambèze et l'harmonica baveur ?

– Je ne sais plus. Quand je me suis réveillé, elle était partie avec la Jeep.

– Quelle femme, cette Berthaga ! déclare le Gravos, pétri d'admiration. Prête à toutes les folies d'son corps pour les plus nobles causes ! J'me dois de t'le dire, San-A, pour écarter une idée trop longtemps reçusse : c'est jamais l'vice qui la pousse à m'tromper, mais la nécessité ! Une fois ou deux, p't'êt', elle s'est laissée aller a'ec Alfred, le coiffeur, mais c't'ait les bigoudis qui lui montaient à la tête !

Je reprends l'interrogatoire à mon compte :

– Noos ! Un type de votre commando a enfilé

la robe bleue de Mme Bérurier. Il dissimulait une arme qui n'était pas chargée, pourquoi ?

– Pour vous faire peur. Que vous nous apportiez des sous en échange de la dame.

– Où ça ?

– Au village des Vomaringos.

– Qui vous a chargé de cette mission ?

– Un homme.

– Un Noir ?

– Non.

– Un petit blond qui ressemble à une fille ?

– Non.

– Il était vert, avec des étoiles roses ? s'emporte le gars Béru.

– Non. Blanc, avec les cheveux rouges.

– Mathias ! ! ! nous exclamons-nous de conserve (avariée).

– Oui, il s'appelle bien ainsi.

– Il vit dans ton village ?

– Il habite sur la Pierre Noire. Tout le monde le respecte, même notre chef Titos. Il a promis de détruire l'Étoile de la Soif et de faire tomber la pluie.

– N'importe quoi ! rouscaille l'Enflure. C'pauvre Mathias a vraiment pété les plombs !

S'prend pour un apprenti sourcier, c't'andouille ! Y va nous couler un bronze sur la tradition anale et su' les Grillottes que d'après les guides, chaqu'fois qu'y en a un qui crève, c't'une bibliosteak qui brûle ! Qu'est-ce t'en a à fout', franchement ? Un bouquin, c'est rien qu'du papier ; et son n'hauteur, une pièce de viandasse ! Je te conjure, Tonio, d'pas t'laisser envaper par l'mirage africain...

Les paroles du Mastard ne me détournent pas de mon obsession : comment un Vomaringo de base s'exprime-t-il aussi bien en français ?

– J'ai appris par le vaudou ! me réitère le rebelle.

– Attention ! Sieur Bérurier détient encore quelques bombonnes de gaz en ses entrailles.

– Le vaudou ! s'obstine Noos.

– Laisse tomber ce naveton ! m'exhorte Alexandre. On fait demi-tour, on retrouve Berthe et on r'tourne chez nous !

– Mathias, Jérémie, tu les oublies ?

– Mathias est d'un côté, Jérémie de l'aut'. On sait plus où c'qu'est le bien du mal. Viens ! On s'en va... L'coffiot est plein d'bidons d'essence. On peut rentrer à Saint-Cloud d'une seule traître, en passant par Alger-Le Cap ! J't'en supplille, Grand, suis-moi...

Je n'ai cure des lamentos de La Gonfle, et en reviens à mon rebelle.

– Parle-moi des hélicoptères qui survolent la région.

– Il y en a beaucoup. Par hasard, l'un d'eux s'arrête et nous dépose des biscuits déshydratés, de la gélatine, des médicaments contre les engelures, ou des robinets. Jamais de l'eau. Les autres se posent au sommet de la Pierre Noire.

– Qu'est-ce qu'ils fabriquent, là-bas ? questionne l'Intrépide.

– Je l'ignore.

– Vous n'allez pas voir ? demandé-je.

– Auparavant, oui. C'était le cimetière de nos ancêtres. Maintenant on ne peut plus, à cause des Sangoulas.

– C'est quoi t'est-ce, les Sangoulas ?

Noos cache son visage derrière ses robustes mains.

– Des rats volants qui nous dévorent.

– Des chauves-souris, des vampires ?

– Peut-être.

– M'enfin, s'étonne Béru, tu dis que Mathias vit dans ce coinceteau ! Il s'fait pas briffer, lui ?

– Ah non ! Les Sangoulas n'attaquent que les hommes noirs.

M'en voudras-tu'l-t'y de repenser au carnage de l'aéroport ? Il est vrai que ces horribles bestioles ne se sont guère intéressées à moi et qu'elles ont déchiqueté les trois Blacks !

– Tout ça, c'est barge et compagnie ! maugrée le Gravos. Tonio, tu viens a'ec moi, on s'casse !

A la seconde présente, tu penses qu'il a raison, que je devrais l'emboîter de conserve, dévier de ma trajectoire, échapper à un destin aussi tracé que mal défini ?

Si tu crois ça, j't'emmerde ! J'ai raison ! Je suis sûr de moi, et le premier qui se dresse en travers de ma route...

C'est Béru !

Je le devine menaçant.

– Antoine, tu vas me suivre.

– Barre-toi !

– Et puis, cette dent d'requin...

– .. de guépard !

– N'importe, j'vais t'l'arracher ! Elle t'fait des

nœuds au cervelet et t'empêche d'réfléchir avec ta tête...

– Si tu m'approches, je frappe ! hurlé-je, en plaquant le pendentif contre ma poitrine.

Alexandre avance, terrifiant.

– Je suis imbattable, c'est toi qui l'écris d'puis la nuit des tantes !

– Parce que je l'ai décidé ! Mais je puis te retirer cette superpuissance d'un simple trait de plume.

– Tu me fais peur, San-A ! Pas physiquement, mais dans ta tronche ! T'as vraiment envie qu'Obélix se castagne a'ec Astérix ? Qu'on sache du beau ou du costaud l'quel est l'plus fort ? Tu vas détruire toute not' bitologie en n'une fracture d'seconde.

Il tombe à mes genoux et se met à chialer. Ses larmes ne détariront pas le désert. Ni mon âme dessiquée.

– Barre-toi ! répété-je.

Je le regarde, éponge essorée, regagner la voiture et s'en retourner vers ailleurs. Étant de ceux qui cherchent toujours une justification de leurs actes, je me dis que je lui ai peut-être sauvé la vie.

Je me remets en route, seul, vers le pays vomaringo.

Noos Amoaal a profité de notre algarade pour s'esbigner.

« Ils sont fous, ces Blancs », a-t-il songé.

Plus tard, plus loin, il tomba sur des Kazisanzos qui lui tranchèrent la gorge. Son cœur, sa rate, son foie furent grillés sur des braises. Le chef de la troupe préleva un fragment de son tibia pour se le planter dans le nez. Il grignota aussi ses testicules et les trouva fadasses, car déjà ponctionnés de toute substantifique moelle par le « monstre », alias Berthe Bérurier.

*« A vaincre sans péril,*
*on triomphe sans gloire. »*
LE SCARABÉE[1].

1. Pas sûr !

# 22

# Princesse Patte-en-l'air

*Samedi 12 avril, 7 heures.*
*10 heures avant l'exécution du traître.*

– Ah oui, à travers mon short !

Les langues follettes amusent un temps les dames par la dissémination des sensations, c'est vrai. Mais il est urgent de repérer le point d'orgue, Érasme ! Il faut te concentrer sur cet endroit précis et vingt fois sur le métier remettre ton léchage.

Je ne dis pas que tes phalanges doivent rester inactives. Moi, par exemple, mon trip, c'est caresser la case trésor et le coquelicot de deux doigts légers, puis d'humecter des arômes recueillis le mamelon de chaque sein.

Sentir ses tétons au fumet de son cul, au

bouquet de son con, fouette la libido de la plus commune des mortelles, fais confiance.

Mais, pendant ce temps-là, ma menteuse court toujours sur son erre, opiniâtre, indéfectible, jusqu'à l'instant suprême : l'apothéose, baignée de cette rosée dont le parfum, entre jasmin et nuoc-mâm, attire nos truffes vers toutes les failles velues de la terre et nous entraînera même aux abysses si un jour les sirènes commencent à mouiller.

Broutage et salivage[1] viennent à bout des tissus les plus rêches. Sous ma langue, la rude et râpeuse étoffe de jean se fait tendre mieux qu'un velours. Elle s'incruste dans la dentelle de la culotte qui se perd dans la toison qui s'imprègne d'une sublime moiteur.

Cabriole et ruade, l'orgasme est sans appel.

– Ahhhhhh... Je viens de jouir pour la troisième fois, une fois ! J'en peux plus.

Les deux pieds reposant sur le tableau de bord, étendue sur le siège basculé en arrière, Alizée n'en finit pas de soupirer.

Tu penses que je rêvasse encore ? Qu'un banc

1. On dit salivation, je sais, mais je t'humecte.

de piranhas, un anaconda ou un condor vont m'éveiller tout debout au fin fond des Amériques ?

Oublie ! On évolue ici dans la pure réalité. En Afrique. Aux marges du pays vomaringo.

Je te la fais courte : à bord de son Range Rover au toit submergé de matériel recouvert par une bâche, la belle climatologue vient de me prendre en stop sur le bord de la piste.

– Te revoilà, lâcheur ! m'a-t-elle lâché.

Le lâcheur est devenu lécheur par la frappe d'une simple lettre sur le clavier universel de la bandaison.

Je déplie ma grande charpente. Miss Van de Traupijk m'ouvre ses bras et me virgule le laser vert lézard de son regard.

– Donne-toi, je vais te sucer, une fois.

– Plutôt deux fois qu'une ! » Je lui montre l'ébouriffante boursouflure de ma braguette. « Sinon, mon deux-joyaux va démâter !

Le zip de la fermeture Éclair achève de s'ouvrir dans un fracas de tonnerre. Une roquette vient d'exploser à quelques encablures.

Je peine à renfourner mon lance-coquette dans son abribite.

– On nous canarde, une fois ? hasarde Alizée.

– Simple coup de semonce...

Un hélicoléoptère de nouvelle génération stationne juste devant nous, à quelques mètres d'altitude. Ses vitres réfléchissantes nous interdisent de discerner le pilote. Les multiples canons de son arsenal sont braqués dans notre direction.

Alizée, réagissant aussi promptement qu'elle jouit, déroule le fanion de son organisme : cercle rouge sur fond blanc percé d'une flèche bleue, agrémenté du sigle ESF.

Si ton insouciance de la misère d'autrui t'a conduit à jeter les missives de cette association à la poubelle sans les avoir ouvertes, je t'informe que « ESF » signifie « Eau Sans Frontières », dont la vocation est de doter les pays pauvres de la part d'eau potable qui leur revient. Mais tu as parfaitement le droit de brûler ton courrier sans le lire. Tu auras ainsi oublié de carmer ta dernière note d'électricité, négligé le troisième tiers de tes impôts, échappé à l'appel d'une douzaine de sectes, évincé le cousin tapeur, perdu l'amour insoupçonné de ta vie et laissé passer les cent mille euros généreusement offerts par les Quatre-Suisses pour peu que tu rachètes les mauvaises actions de leur société. Tu ne sauras jamais que les éboueurs viendront te débarrasser des encombrants (dont ta belle-doche) le 28 du mois, qu'un nouveau dépanneur se tient prêt à changer tes chiottes, même s'ils ne sont pas bouchés, qu'Auchan organise une nouvelle foire aux vinaigres, que Leclerc vend l'or pur au prix de la pépite, que le conseil municipal a augmenté de trente pour cent le prix de ton bain hebdomadaire – ni que pour 23 euros mensuels tu pourrais parrainer un enfant miséreux, mais ça, tu t'en fous !

Devant cet étendard de paix déployé, l'hélicoptère dégage, comme poussé par des vents subventraux de l'immonde Bérurier dont le destin m'indiffère à un point que tu ne comprends pas – et moi non plus.

– Ouf ! Ils acceptent ma mission, une fois.

– Tu as remarqué l'appareil ? Un des derniers modèles américains.

– Aux mains des rebelles Vomaringos ? s'étonne Miss Van de Traupijk.

– J'en ai côtoyé quelques-uns. Avant que ces mecs maîtrisent de pareils engins, tes arrière-petits-neveux attraperont la coqueluche.

– Ils ont peut-être été formés par la CIA, par Tsahal, par les Tchétchènes... ou par Al Qaida ?

– Ils auraient bien raison de se soulever contre les diktats de l'Occident, m'entendus-je dire.

– Tais-toi ! Tu me fais peur... Moi, je n'ai qu'un but dans la vie : donner de l'eau à ceux qui ont soif.

Elle frôle la bosse de mon froc. Malgré tous ces déboires, mon gourdin n'a pas molli d'un iota sur ses positions.

– En attendant, tu as vraiment besoin de ta pipe, gourmande-t-elle.

Le zip de ma braguette s'abaisse une seconde fois sur un interminable cri de guerre.

« Hé hé ! Yé yé ! Wo wo ! Amouna ! Amouna ! Aboundala ! Hé hé ! Yé yé ! Wo wo ! Amouna ! Amouna ! Aboundala ! Hé hé ! Yé yé ! Wo wo ! Amouna ! Amouna ! Aboundala ! »

Des dizaines de biroutes, gainées dans des paillons, se baguenaudent devant les fenêtres du Range Rover.

– Je crois que tu vas avoir plus de boulot que

prévu, soufflé-je à mon Alizée, tout en remisant derechef mon capuchon.

Des hommes armés de javelots et d'arcs dansent leur gigue autour de la bagnole. Ils portent des bottes velues comme des pattes d'éléphant à poils durs, des gilets de rotin agrémentés de feuilles d'acacia, un masque en forme de sombrero prolongé d'une longue tresse blanche.

– Démarre ! ordonné-je à ma pompeuse privée de ses œuvres.

Alizée tourne la clé. Sur le tableau de bord, quatre pictogrammes rouges s'allument et clignotent.

– Regarde ! Ils ont crevé tous les pneus.

– Bon, alors on va négocier.

Je sors du 4×4 et me plante, fier comme un bar à tapas, devant le plus balèze des sauvages.

– Salut, ami ! Conduisez-moi à votre chef.

Le type attrape ma dent de guépard et la caresse avec respect. Il donne un ordre à ses copains qui me défroquent sans ambages. Le hochement de son sombrero vertical est une marque d'approbation. On m'enfourne la bitoune dans un étui pénien de belle dimension, tout orné de pierrailles et menues monnaies démonétisées.

– Je crains que ta pipe ne doive attendre, une fois, déplore Alizée que des mains de rutabagas commencent à dénuder à son tour.

*« On a toujours plus à craindre qu'à espérer. »*
LE SCARABÉE.

# 23

# Le dragon de Cracovie

*Samedi 12 avril, 11 heures.*
*6 heures avant l'exécution du traître.*

– Je suis le fils d'Hitler, d'Assurbanipal, de Mao, de Napoléon, d'Alexandre le Grand, d'Amin Dada, de Mussolini, de Brejnev, de Pinochet, de Bokassa, de Franco, du général Alcazar, de Bruno Mégret et de Jérôme Moucherot. A genoux !

Même en m'agenouillant, je dépasse encore de cinquante bons centimètres le marmot qui me fait front.

Agé d'à peine deux ans, ce noirpiot porte un treillis de combat, une paire de rangers à sa mesure et une casquette galonnée que ses oreilles évasées retiennent tant mal que bien. Il roule sur moi des quinquets aussi expressifs que deux raisins secs dans une platée de semoule.

– Je reconnais que vous êtes très en avance pour votre âge, jeune homme, mais je souhaiterais parler à votre père, ou à votre grand-mère, enfin bref, au chef de la tribu.

Le bébé éclate de rire, prenant à témoin ceux qui l'entourent, une troupe de guérilleros adultes, blacks et dépenaillés.

– Mon grand-pôpa est mort et mon pôpa aussi. Aujourd'hui, c'est moi, Titos, le chef des Vomaringos.

– Mes félicitations, Monsieur Titos.

– Maréchal Titos ! rectifie le poupon. Vous n'avez pas vu les sept sardines à ma casquette ?

Je me prosterne du mieux que je sache.

– Pardonnez-moi, Maréchal, j'étais surtout fasciné par le scarabée serti d'or qui gigote sur votre bavoir.

– Le Scarabée sacré ! Symbole de notre dynastie.

Je palpite des narines.

– Il est superbe, mais... je lui trouve une odeur peu flatteuse.

– Ce n'est pas lui, c'est moi, ronchonne le

Maréchal en se pinçant le nez. Capitaine ! J'ai fait caca, voulez-vous changer ma couche.

– A vos ordres, Maréchal.

Tandis que l'on procède, je caresse ma dent de guépard, me trouvant bien favorisé des dieux de vivre pareils moments d'exception. Ubu disparu, il ne restait que San-Antonio pour t'entraîner dans d'aussi fastueux délires, pas vrai ?

A mes côtés, Alizée, vêtue *a minima* d'un string de perles rares, en mène moins large que la ficelle qui lui sillonne le méridien de grinouiche. Je crains que mon sourire ne la rassure guère.

Cul torché et culotte neuve, le maréchal Titos nous revient tout en morgue. Il désigne la divine Van de Traupijk :

– La dame est trop bronzée pour qu'on la sacrifie, mais pas assez pour rester parmi nous. Pillez tout ce qu'elle possède et jetez-la hors du village. Interdiction de la violer, sauf si elle tente de revenir !

– Mais enfin, une fois, se récrie Alizée, je suis chargée par un organisme international de vous aider à trouver de l'eau !

Titos réclame un biberon à son lieutenant d'ordonnance et le suçote du coin des lèvres.

– De l'eau ? Demain nous en aurons à profusion. La pluie retombera dru et les Vomaringos retrouveront la plénitude de leur civilisation. Dehors, femme !

Des rebelles l'embarquent avec rudesse. Elle me lance un regard éperdu. Je lui renvoie un rictus navré. Je ne ressens ni la capacité ni l'envie de l'aider. Son œil, souvent acide, se nielle alors d'une douceur dorée. Va comprendre les femmes !

– Quant à vous, Monsieur, poursuit l'enfant, votre dent de guépard prouve que vous êtes des nôtres.

– Certainement, Maréchal ! acquiescé-je.

– Êtes-vous prêt à accomplir votre glorieuse mission ?

– Certainement, Maréchal !

– Haïssez-vous les pollueurs de la Terre ?

– Certainement, Maréchal !

– Punirez-vous les riches et les Blancs qui nous oppriment ?

– Certainement, Maréchal !

– Alors vous deviendrez le Juste d'entre nos Justes.

Il fait claquer ses mini-doigts potelés.

– Notre grand sorcier va vous préparer au sacrifice suprême.

Un homme immense, drapé d'un boubou de soie blanche, se dresse devant moi. Il arbore un masque représentant une tête de guépard.

– Viens avec moi, frère. Je suis ton guide pour l'éternité.

Je reconnais la voix. C'est celle que j'ai entendue dans le téléphone de la pute assassinée. Ce n'était pas un mouchoir ni un entonnoir qui la déformait, mais une tête de guépard. On ne pense pas assez souvent à ce genre de détail.

En cet instant de *drama*, période où le héros est au plus bas, tu te dis que je vais réagir, tout chambouler, redevenir ton San-A superbe et généreux ?

En vérité, je me jette aux pieds du sorcier et lui baise les ribouis.

– Je suis à toi pour toujours, ô mon Maître !

Ce qui ne m'empêche pas de jeter un coup d'œil furtif sous le boubou et d'apprécier les mensurations d'une interminable biroute, jumelle d'une cucurbitacée de comice agricole.

*Troublé par la présence de* San-Antonio,
Le Scarabée *n'eut en cette fin de chapitre*
*aucune pensée.*

## 24

# Béru-Béru

*Première manche.*
*Le duo.*

Lorsque Fouzi aperçut Berthe accroupie dans les hautes herbes, pissant avec l'impétuosité d'une bufflonne, il bandait déjà. Comme toutes les heures et demie en moyenne, l'érection le prenait et il devait obéir à son instinct au plus vite avec la première femelle passant à portée. Mais Fouzy n'était pas sectaire et un mâle de son espèce assouvissait aussi bien ses pulsions. N'étant pas raciste non plus, il lui était arrivé de sauter une antilope d'un jour, d'enculer un phacochère à l'agonie, voire de niquer une oie de Gambie qui s'était cassé une aile.

Alors, comment résister à une femelle du

genre humain, sachant qu'elle appartient, comme lui, à l'ordre des grands primates anthropoïdes ?

Chez les singes Bonobos dont Fouzy est un de nos brillants sujets, on connaît l'*Homo sapiens*, voisin de palier généalogique depuis l'aurore des temps. On sait que les hommes nous ressemblent beaucoup. Comme les Bonobos, ils embrassent avec la langue, font l'amour dans toutes les gymnastiques possibles et avec des partenaires on ne peut plus différents, élèvent leurs petits vaille que vaille et tentent d'organiser leur société en familles, clans et tribus. Leurs principaux travers étant de succomber au travail et d'apprécier la guerre. Mais, pour peu qu'on sache les apprivoiser, les humains restent fréquentables. La méthode de domestication la plus simple consiste à les tenir enfermés hors les grilles des parcs et des zoos. Ils ne violent jamais cette frontière, sauf pour nous faire le don de quelque nourriture, ou l'offrande d'une cacahuète. Une cohabitation bien gérée.

Fouzy n'attendit pas que la femme se fût relevée. Il lui bondit dessus et la prit en levrette avec fougue et force foutre.

– Non, mais j'rêve ! tonitrua la Gravosse. V'là un singe qui m'baise, maint'nant. Attends au moins qu'j'aie fini d'uriner, grand fou : question d'hygiène !

Si un malveillant dans ton genre ose me soutenir que les Bonobos vivent au Congo et non au Sénégal, je lui répondrai : « Regarde ! je viens seul m'asseoir sur cette pierre où tu la vis s'asseoir », car je n'ai pas renoncé à une certaine forme de poésie.

En vérité, j'hésite entre appartenir à la majorité des auteurs mineurs ou à la minorité des auteurs majeurs. Et réciproquement.

## 25

## Croquelune

*Samedi 12 avril, 14 heures.*
*3 heures avant l'exécution du traître.*

Marie-Marie se penche sur moi. Ses nattes frôlent mon front ruisselant. J'aspire à pleins poumons son souffle framboisier. Elle est jeune, presque une enfant.

J'ai soif de sa bouche, j'ai soif de son corps, j'ai soif, soif, soif... Je suis comme un escargot qui ne sait plus baver.

Les tam-tams roulent dans ma tête. Dehors, c'est la fête. On va enfin se marier. Félicie portera le tailleur noir qui lui allait si bien à l'enterrement de papa. Missel serré entre les doigts, j'écouterai le chant des anges en reluquant les culottes des filles quand elles s'inclinent dévotement. Ce sera la première communion de mon âme avec le diable.

Je pousse un cri d'homme terrassé par la vie.

– Pas peur... j'apporte un peu de thé. Vous, fatigué.

Marie-Marie s'estompe. Un carré de lumière m'éblouit. Les tambourins redoublent de frénésie. Une main gracile glisse un gobelet entre mes doigts.

– Boire... Le sorcier m'a permis donner vous.

Elle est noire, plus belle que le jour, aussi belle que la nuit.

J'avale la potion sans en perdre un goutte.

– Qui êtes-vous ? susurré-je alors que la bonne question serait : « Qui suis-je encore ? »

– Tita, maman de Titos.

Ses yeux pétillent de galaxies.

– Mon enfant trop jeune pour être chef, trop petit pour être homme. Il faut libérer le scarabée.

– Je le ferai !

Si tu voyais à contre-jour ses lèvres qui s'approchent des miennes, au contour ourlé par les rais du soleil, tu te croirais dans un film de Paul Verhoeven et t'attraperais ta pine à deux mains – si elle est assez longue, ce dont je doute.

Tu ne sauras jamais rien de ce baiser, le plus tendre de mon existence, de l'effleurement de cette bouche noire, de sa douceur sucrée ni de sa sensualité.

Tita s'est évaporée, ombre de son ombre, et je demeure.

Veux-tu que je te fasse un état des lieux, Camarade ? On m'a enfermé dans une minuscule case ronde coiffée d'une toiture conique en paille. Le village vomaringo est constitué de quelques dizaines de ces huttes disséminées sur un plateau aride dominé par l'impressionnante Pierre Noire, genre roche de Solutré que n'auraient jamais gravie Tonton, Navarro ni Jack Lang.

Une découpe dans les pierres plates de la muraille sert à la fois de porte et de fenêtre. Ni barreaux ni volets, rien ne m'empêche de sortir. Alors pourquoi t'ai-je dit que j'étais enfermé ? Parce que je le suis : dans ma tête. Ce que j'éprouve est impossible à exprimer, mais impossible n'étant pas san-antonien, je vais essayer. Faut-il que j'aie confiance en toi, mon vieux Lenturlu, pour te dire l'indicible !

Dès l'aube de cette histoire, des êtres se sont

déchirés, les uns pour m'éloigner de la Pierre Noire, les autres pour m'y attirer. Les seconds semblent l'emporter. Est-ce par sorcellerie ?

Je pense que non et je crois que oui.

Laisse-moi t'expliquer. Dans mes enfances, le Grand Robert était davantage célèbre pour ses tours de magie que pour son dictionnaire des noms communs (ou des noms propres à la petite Amélie). Ma brave femme de mère m'avait emmené à Bobino où se produisait l'illustre illusionniste. Elle savait, ma Félicie, que le flirt avec le paranormal me titillait déjà.

A la première occase, je monte sur la scène, histoire de participer à une séquence d'hypnotisme. J'avais à peine seize piges et le Grand Robert faillit me récuser, comme il avait déjà viré quelques marioles éméchés bien décidés à le défier. Mais il me garda, flairant que j'étais un bon client.

On m'aligne face au public parmi d'autres gogos. Le mage débite des sornettes, agite ses doigts devant nos yeux et nous ordonne de dormir : « Dormez, je le veux ! » Il avait l'accent acadien ou pied-noir, je ne sais plus trop. Le temps fout le bordel dans ton bureau des longitudes.

Pour faire comme tout le monde, je clos les paupières et m'immobilise, raide comme je te le souhaite.

Grand Robert me fait déguster des citrons en essayant de me faire croire que ce sont des oranges. J'entends qu'il harangue l'assistance : « Elles sont bonnes, mes oranges, elles sont bonnes ? »

Et moi d'acquiescer, pauvre nœud ! Et d'un ample zeste, il me refourgue un autre citron. Tout Bobino se paie ma bobine, sauf ma Féloche, j'espère.

« Réveillez-vous, je le veux ! » glapit le renard des salles.

Papillotant sous les projos, me dandinant façon dindon, je chique au mec qui sort de catalepsie. Un triomphe !

Plus tard, à la maison, j'ai expliqué à maman que j'avais simplement simulé l'hypnose pour ne pas gâcher le numéro du Grand Robert.

– Tu as obéi à sa volonté ! a-t-elle objecté. Consentant ou non, tu t'es soumis à son magnétisme !

Comme souvent les mères, qu'elles soient anges ou roulures, elle s'est rarement gourée dans ses jugements sur son lardon, ma vioque.

Allongé sur ma natte de raphia, j'éprouve la même sensation que jadis sur cette scène de music-hall. Je sais qu'on me dicte mes actes et qu'on me dresse un piège à l'attrait duquel je n'arrive pas à résister. Tonneaux et mystères doivent être mis en perce pour livrer leur arôme.

T'imagines pas que je t'ai emmené si loin de ta banlieue pour te larguer comme un foc, me dérober minable, m'enfuir en chemineau ? On ira jusqu'au bout, mon pote, que tu le veuilles ou non !

Je m'adosse au muret, face à l'échancrure de soleil. Je vois passer une poule au cou nu, un chien mi-fennec mi-chacal, suivis d'un rat étique qui m'évoque Pinuche. Tiens, en voilà un dont j'aimerais avoir des nouvelles ! Des réponses aux questions que je lui ai posées dépend peut-être ma survie. Mais comment pourrait-il me joindre en ce lieu de non-lieu ?

Un gamin passe en zigzaguant sur un scooter rouge. Son casque intégral étant pourvu de narines, j'en conclus qu'il pilote tête nue. Sa maladresse l'envoie dinguer contre la case d'en face. Une matronne avec un cul de coco-fesse et deux gourdes à la place des seins relève le mouflet. Plus de peur que de mal ? Paf ! une bonne beigne, et plus de mal que de peur. Un autre marmot espiègle chipe le scooter et part en slalomant.

Une silhouette me prive du second crash : la haute stature du marabout (d'ta queue d'rat d'égout).

L'homo boubou bianco s'accroupetonne devant moi :

– Il faut que je te parle, frère.

J'éclate d'un rire sardo... comment ? Nique ! Bien, je vois que tu as gardé la forme.

– Posez votre tête de guépard, Diop, vous allez attraper chaud.

– Vous avez reconnu ma voix ?

– J'ai surtout reconnu votre queue.

Le faux instituteur ôte son masque et se marre, beau joueur.

– Vous ne me tutoyez plus ?

– Le respect dû à un sorcier.

Il soupèse ma dent de guépard.

– Ce genre d'amulette envoûte les gens de ma race, mais n'a guère de prise sur les Blancs. J'étais sûr que vous n'étiez pas dupe de ma personnalité, San-Antonio.

– Je l'ai été. Jusqu'à la mort du docteur Hornaught. Je voyais mal comment la fléchette empoisonnée avait pu être tirée par Fiarko. Le toubib l'observait et ne lui a donc jamais offert sa nuque. En outre, je l'ai appris plus tard par Béru, le Blondinet conduisait la voiture avec le bras droit en écharpe, ce qui ne facilite pas les jeux d'adresse.

– Bien raisonné.

– Quand j'ai moi-même lancé le projectile sur le guépard, le bestiau est mort instantanément. Ces éléments signifiaient que ce vieux Tobby avait été fléché de l'intérieur de notre Pajero, et de l'arrière. Conclusion ?

Diop courbe l'échine en joignant ses deux paumes.

– Je ne nie rien et j'avoue même que vous êtes un excellent détective.

L'idée m'empare de lui balancer un coup de latte dans la terrine, d'aller piquer le scooter rouge et de me casser en Alaska. Seulement, une idée requiert un minimum d'envie, pour devenir réalité. Puis l'Alaska, c'est pas la porte à côté ! Autant poursuivre l'interrogatoire, puisque l'instit' semble coopératif.

Je m'essuie les tempes sur le poignet de ma chemise à manches courtes.

– Je n'ai nullement l'intention d'être désagréable avec vous, Diop. Mais je pense que vous avez tué le docteur Hornaught parce que sa mémoire se désembrouillait : « Diop, on se connaît, souviens-toi des petits fours... »

– Je l'avais rencontré dans des réceptions à l'époque où il exerçait à Dakar.

– Quel genre de réceptions ?

– Disons... officielles.

– Vous n'êtes pas vraiment instituteur ?

– J'en ai le diplôme, plus quelques autres spécialités.

Une botte de questions, plus serrées que des asperges, pousse dans ma calbombe. Essayons de les éplucher en bon ordre.

– Le matin de mon arrivée à l'aéroport, un suiffeux m'a fourgué de la fausse monnaie, prétexte pour m'arrêter et me faire expulser...

– L'ordre émanait de Manga, chef des services secrets.

– Comment étiez-vous au courant ?

Diop frappe dans ses mains. Tita apparaît et s'incline, radieuse jusque dans la soumission.

– *Niardik ouargoos dief !*

La jeune femme sort à reculons.

– Seule une femme de haut rang peut servir un marabout. J'ai commandé du thé, je vous vois déshydraté. Pour répondre à votre question : Manga était mon supérieur.

– Vous, vous n'étiez pas d'accord pour me renvoyer en France.

– Manga et moi n'avions pas exactement le même sens de l'intérêt du pays.

– Alors le motard au scooter rouge, quelqu'un de votre bord, a liquidé le Suiffeux pour me donner les coudées franches !

Tita revient et nous tend à chacun un gobelet. Au risque de te paraître prétentiard, les œillades qu'elle me décoche et le trémoussement de sa fruitière en disent long sur l'effet que je lui kisscoole.

Je liquide la tisane d'un trait. Amusé, Diop me tend son quart sans y avoir touché :

– Vous avez les cellules à sec. Buvez.

Il me regarde, satisfait, m'expédier sa bolée, et signifie à Tita de se barrer.

Avec l'obstination d'une anguille à retourner

en mer des Sargasses ou d'un morbach à réinvestir le pubis de Berthe, j'en reviens à mes questions :

– La pute assassinée, le téléphone mouchard, c'était vous !

– Pour contrebalancer la pression que Manga mettait à vous faire partir. Il ne fallait pas que vous preniez cet avion.

– Vous saviez qu'il allait sauter ? » Je marque un temps. « Vous l'avez fait sauter !... Pourquoi ?

Tous les hommes de la Création, visages pâles ou boules-de-suie, affichent la même mine penaude et benoîte quand tu les surprends en flagrant délit. Le doigt dans le pot de Nutella[1] ou devant le tribunal de La Haye, ils naviguent entre le « cépamoi », le « cépadmafaute » et le « pafaitesprès ».

– Raison d'État.

– Quel état ?

– Le mien, quand nous l'aurons sauvé des Infidèles ! Dans cet avion, trois émissaires partaient vers les States pour brader notre richesse. On ne pouvait pas laisser faire !

1. J'ai bien connu son grand frère.

– Quelle richesse ?

Pour la première fois, le faux instit' s'emporte.

– Ça suffit !

– Ne vous énervez pas, Diop, je suis votre ami, dis-je d'une voix inhabituellement molle et consensuelle. Je peux vous aider, mais il faut tout me dire.

Le grand Black m'observe avec attention et se détend.

– Pardonnez-moi. Je vous écoute, San-Antonio.

– L'hôtesse de l'air, Miss Mabrought, était votre complice ?

– Je ne la connaissais même pas. Cette fille vous a aidé, et ça faisait mon affaire. Elle est morte dans l'explosion, qu'Allah en fasse une vierge au paradis des martyrs. Des hommes à moi vous attendaient au pied de l'avion.

– Pourquoi m'ont-ils matraqué ?

– Ils devaient vous emmener en un lieu sûr où nous nous serions rencontrés... fortuitement !

– Comme nous nous sommes... fortuitement rencontrés dans ce village de brousse ?

– En effet.

– Seulement l'irruption des vampires a perturbé vos projets ?

Diop crache de mépris.

– Des créatures génétiquement modifiées par les Américains, puis clonées par milliers pour tenir notre peuple éloigné de la Pierre Noire.

– Qu'a-t-elle donc d'extraordinaire, cette Pierre Noire ?

– Vous le saurez bientôt, et vous ne regretterez pas d'être venu jusqu'ici.

Sur l'injonction de Diop, Tita m'offre un nouveau gobelet de thé que j'ingurgite sans barguigner.

Je me sens bien, mais bien, tu ne peux pas savoir à quel point ! Je saisis mon ami l'instituteur par les épaules et le serre contre mon cœur.

– Je sais que vous avez raison, Diop, mais je veux tout comprendre pour accomplir au mieux ma mission. Pourquoi m'avez-vous tiré dessus, à l'aéroport ?

– Ce n'était pas moi.

– Votre copain au scooter ?

– Il a tiré dans la foule pour vous permettre de fuir. Manga allait vous arrêter.

– Manga me pensait mort !

– Erreur. Il savait que vous n'aviez pas pris l'avion.

– Par qui ?

– Sincèrement, je l'ignore.

– Je vous crois. Vous avez toujours été loyal. Et l'enlèvement de Mme Bérurier ?

– Je n'y suis pour rien. Ce sont les rebelles qui ont agi.

– Alors vous avez fait donner le flingueur au scooter rouge ?

– J'ai vraiment cru qu'ils allaient vous tuer.

J'approche ma bouche du cornet de son oreille.

– Hé, en confidence : c'est mon ami Mathias qui les avaient envoyés, les rebelles.

– Le Rouquin ? Il est là-haut, sur la Pierre Noire, et vous allez bientôt le retrouver.

– Super ! Je l'aime presque autant que vous, Diop.

Sans charre, je l'adore, ce mec ! Il est cool, franco de port, nègre bleu ! Un bonheur de copain, j'te jure, tu peux me croire. Il m'a tout balancé de Z jusqu'à A, sans péché et sans omission.

C'est lui qui a mouchetsé-tong le picrate palmé du Gravos pour s'en débarrasser. A Tamba, il a fait scrafer Manga par le scooteuriste, car cet enfoiré de borgne venait de découvrir sa dissidence.

Notre abandon en pleine brousse ? Son désir d'éliminer Béru que les hippos avaient raté ; tant abruti et dévoué, mon gros pote risquait de me détourner de mon chemin. Les tirs de roquettes ? Ces bâtards d'Amerloques qui refusent toute ingérence dans la région ! Ils assèchent même le pays pour décourager les touristes et faire fuir les Vomaringos !

Quant au scooter rouge naviguant dans le village ? Une coïncidence ou un mirage...

Diop se lève et rajuste son masque de léopard.

– Repose-toi, frère. L'heure va bientôt sonner. Si tu as soif, Tita t'apportera du thé. Tu peux même lui faire l'amour. Il t'en coûtera un poulet pour le conseil des sages. Mais c'est moi qui l'offre !

*« La soumission*
*est une certaine expression de la volonté. »*
LE SCARABÉE.

# 26

# Béru-Béru *(suite)*

*Seconde manche.*
*Le trio.*

Obnubilé par ce gros point de rouille à l'horizon, Alexandre-Benoît ne remarqua pas, dans le sable soulevé par la brise, l'écheveau des chevaux de frise. Les quatre pneus éclatèrent en même temps.

L'Audi partit en crabe, mais il faut plus qu'un simple crustacé pour faire muer la carapace d'un Bérurier.

Les biscotos du Gravos rétablirent la trajectoire. Rouler sur la jante ne pose aucun problème aux esprits légers dans des corps lourds.

Rameutant les bourrins, il laboura la piste

jusqu'à destination : cette Jeep 49 en rade sur le bas-côté.

Le Mastard vit d'abord les deux pieds de sa femme, dressés sur la banquette tels des mâts de cocagne. Au sommet de l'un d'eux flottait une oriflamme que tout nez averti aurait identifié à un slip longtemps porté.

– Berthie !

– Mon homme ! J'savais qu'j'pouvais compter sur toi ! Mais tu pourrais pas virer c'macaque bono qu'arrête pas de m'grimper sans qu'j' arrivasse à l'orgas' tell'ment qu'il est godiche à la godille ?

– Escuse, Chérie, j'ai cru qu'c'était ta touffe qu'avait poussé dans l'entre-temps.

Béru chopa Fouzy par le colback et l'éjecta.

« Inconcevable qu'un primate inférieur se permette une telle impertinence ! » grommela le Bonobo ! Mais la carrure gorillesque de l'humain n'incitait guère à la protestation.

– R'garde un peu comment qu'on fait jouir un vraie femme du monde ! lui lança l'outrageant personnage. Le majeur dans l'oignon, l'index dans l'échalote et l'pouce s'l'cornichon, et ça, c'est qu'les hors-d'oeuv' !

– Plus tard ! se récria Berthe. Faut qu'on quitte c'bled d'enfer !

– Comment ? Ma tire est su' les g'noux !

– La Jeep n'est qu'en panne sèche. T'aurais pas du coco ?

Alors qu'un premier bidon d'essence était à demi transvasé, Berthe eut un retour de flamme.

– J'en peux plus de ta queue, Gros, y m'la faut !

Dix secondes plus tard, appuyée contre le capot, elle subissait les premiers assauts de la trompe conjugale.

Fouzy était fasciné par l'énorme cul velu de l'homme gorille, et l'érection le reprit.

– Nom de Dieu ! beugla le Mastard. V'là qu'ton singe m'joue « Zizi dans l'rétro », d'Raymond Quenouille !

Il flanqua une baffe au présomptueux qui, par esprit de vengeance, dégotta un briquet dans la boîte à gants de l'Audi et le battit au-dessus du jerrycan.

L'explosion détruisit les véhicules et roussit toutes les pilosités.

Attiré par le boucan, un nomade rappliqua, tirant un vieux dromadaire.

– Y s'rait-y pas à vendre, par hasard, ton car à bosse ? demanda Béru.

– Ça dépend du prix.

– On n'a pas d'sous, mais ça peut s'arranger, suggéra Berthe en coulant une dextre experte sous la gandoura.

## 27

# Y a de l'action

*Samedi 12 avril, 16 h 43.*
*17 minutes avant l'exécution du traître.*

– Vous êtes magnifique dans cet uniforme de l'US Air Force, Diop. Quel grade ?

– Le même que le vôtre. Si vous pouviez vous contempler dans un miroir en pied, vous seriez fier de vous, San-Antonio.

J'ajuste ma casquette.

– Merci pour cette promotion.

Non loin de la hutte, un hélicoptère bat le terreau en neige.

– On nous attend. Il faut se dépêcher. Enfilons nos gilets pare-balles.

– Il y a du danger ?

– Non, mais c'est la procédure obligatoire.

Il me désigne un Damart-antimort et s'apprête à passer le sien lorsqu'un cri d'effroi nous fait sursauter.

– *Bibo ! Bibo !* hurle Tita à l'orée de la case.

Un énorme scolopendre lui arpente le visage. Diop bondit, la débarrasse de la frétillante bestiole qu'il écrase d'un talion rageur.

– T'as peur d'un malheureux cent-pieds, toi, maintenant ?

Nous enfilons nos gilets. L'hélico décolle brutalement. Diop me présente le pilote, un garçon très sympa qui pourrait être le fils naturel de Kim Jong-Il et de Saddam Hussein.

– Voici le captain Marvin Arley. Depuis nos stages en Afghanistan et en Tchétchénie, on l'appelle Mamouch Ahmed. Il est des nôtres.

– Hello ? lui dis-je.

– Allah ! qu'il me répond.

Le village vomaringo paraît vraiment rétréci à la cuisson, vu de haut. Il ressemble plus à un dessin raté d'enfant qu'à un dessin d'enfant raté, qui, lui, est souvent réussi, art brut oblige.

Les chauves-souris s'écartent au passage du rotor. Heureux comme Baptiste, cool Raoul, peinard dans mes baskets, à l'aise Blaise – je t'en passe et des pires, vu que le temps presse –, je triture ma dent de guépard.

– Touche pas à ton gri-gri ! s'affole Diop en me chopant le poignet. Pas maintenant...

Une escouade de coléoptères US nous encadre soudain et nous contraint à atterrir non loin d'une immense tente dressée au sommet de la Pierre Noire. Celle-ci me rappelle sauvagement la Pierre Démière de ma jeunesse où, avec mon pote Alain, on emmenait les copines faire les cochonnes.

– Le moment est venu, San-Antonio, me dit tout gentiment Diop. On vous attend dans ce campement. Avancez jusqu'au centre et arrachez votre dent de guépard. Vous serez accueilli par les plus belles vierges au paradis d'Allah.

Je ne puis m'empêcher d'embrasser Diop sur les deux joues. Et puis Mamouch Ahmed aussi.

– Merci. Merci, mes frères, de m'avoir offert cette chance inespérée d'échapper au monde des impurs et des chiens. Je serai digne de vous jusqu'à l'extermination totale des infidèles, je vous le jure !

J'entends à peine les ordres me concernant : tu sais que mon angliche, parfois, donne de la gîte.

– Une communication urgente du Pentagone, laissez passer le *captain* Antonio !

Une haie d'honneur s'ouvre devant moi, puis un lourd pan de bâche. Et alors là, mon gueux, j'en prends plein les mirettes. Sur une estrade, cernée par des dignitaires africains et américains, le président du Sénégal est assis au côté de son homologue US, l'in(con)tournable Water-C. Butch, fils de Closet-W. Butch.

Mathias se précipite vers moi.

– Antoine ? Que fais-tu dans cet uniforme ?

Jérémie Blanc, en tenue de ministre, s'interpose à son tour :

– Je t'en supplie, San-A, pas de connerie !

Je les balaie tous deux et m'avance jusqu'à la tribune. Butch m'alloue ce regard ovin qui assurera sa réélection.

Je lui tends la main. Il la shake

– *I am very crade to bite you, mister President.*

D'un geste impavide mais plein de fermeté, j'arrache ma dent de léopard.

Dehors, juste au moment où il décolle, un hélicoptère explose, pulvérisant Diop et son copain Mamouch.

– *Ouate à pénis ?* s'enquiert le président qui parle avec l'accent texan.

– *No sing !* répondus-je en palpant mon gilet pare-balles. *Aïe vase note choure*, mais j'espérais !

*« On a eu chaud ! » se dit* LE SCARABÉE,
*intellectuellement stimulé*
*par le rayonnement du* first man of the world.

## 28

# Le cri du morpion

*Village vomaringo.*

C'est signé. Les USA viennent d'acheter la Pierre Noire au Sénégal pour 13 milliards de dollars. En euros nouveaux, ça fait de la thune et davantage encore en francs CFA !

Il est clairement établi que j'ai sauvé le président Butch d'un ignoble attentat al-Qaïdesque. Dans l'hélico qui nous ramène, Mathias et Jérémie font la gueule en sourdine.

Les sodats US m'abreuvent de Coca qu'ils laissent mousser comme du Moët. Je suis le roi de la fête. Chacun y va de son compliment :

– Quand je raconterai que je t'ai connu, personne voudra me croire, au Tennessee !

– Ma p'tite sœur qu'est encore vierge à trente-deux ans, c't' un homme comme toi qu'y lui faudrait.

– Un soir qu'j'avais trop bu, mon père m' a dit : Écoute, mon gars...

– Stop !

Je tapote l'épaule du pilote.

– Posez-vous au village, vieux, il me reste encore quelque chose à accomplir.

Je débarque de l'hélico. Tita se précipite vers moi. Ses cheveux, qui ne sont pas crépus, je crois te l'avoir dit, tourbillonnent au vent du rotor.

(Désolé, mais dans le prix d'un bouquin, la musique de fond n'est pas comprise. Alors, fredonne pour ton compte *Vera Cruz* ou *les Sept Mercenaires* : Tala...lalalala...)

Je la serre dans mes bras :

– Tita ! Merci de m'avoir prévenu des mauvaises intentions du sorcier. Merci de ne m'avoir pas administré ses poisons dans le thé. Merci pour le coup du scolopendre qui m'a permis de permuter les gilets.

– C'est l'amour qui a poussé mon cœur.

– Comment parles-tu aussi bien le français ?

– Le vaudou, peut-être ?

– Noos Amoaal disait pareil.

– C'est l'un de mes frères.

Je baise délicatement ses lèvres.

– J'ai une dette envers toi, et vais m'en acquitter.

Je me rue sur son fils, le maréchal Titos, lui arrache son pendentif et libère le scarabée.

L'enfant s'écroule en pleurs.

– *Mumoos, mumoos* ! braille-t-il, ce qui, tu l'as pigé, signifie « maman » en vomaringo.

Je tente d'expliquer à Tita qu'on se reverra peut-être un jour. Mais elle ne me comprend plus et me chasse, tel un sauvage que je suis. La Magie s'est envolée.

*« Rien n'est plus beau*
*que de redonner l'enfance à un enfant. »*
LE SCARABÉE[1].

1. Par moments, il est aussi pontifiant et pompeux que Saint-Ex, ce scarabée.

# 29

# Dernière mission

*Hôtel Pinanga.*
*Quelques minutes avant l'élimination de l'acolyte.*

A l'ombre du palétuvier rose aux feuilles plastifiées, je déguste un Singapore Sling en compagnie de Mathias et Jérémie. Le barman me présente une feuille sur un plateau d'argent.

– Il y a plusieurs jours que ce message vous attend, Monsieur.

Je prends connaissance de la missive sans grande surprise. Je prévoyais son contenu, mais les détails me confortent dans mes intui, induc et déduc (tions).

– J'ai démissionné ce matin, annonce gravement Jérémie Blanc. Je retourne en France. Comme balayeur, s'il le faut.

– Ta place est encore chaude, à la Grande Cabane.

– Merci, Antoine, fait-il sobrement.

– Qu'est-ce qui a motivé ta décision ? demande le Rouillé.

– Je ne suis plus un vrai Sénégalais. Tout le monde s'est méfié de moi, dans cette affaire : ma hiérarchie, mes collègues ministres, mes propres services...

– Pourquoi le journal annonçait-il ton exécution ? questionné-je.

– Un tirage bidon ! Une manœuvre de Manga pour t'attirer à Dakar. Ses services secrets avaient reçu l'ordre de tenir éloigné du site de la Pierre Noire tous les étrangers et spécialement les Français, très impliqués dans le pays. Et moi, on m'a traité comme un Français jusqu'à la signature de la cession aux Américains ! Je me demande même si je suis encore nègre...

– Rassure-toi, Blanche-Neige, dis-je en lui claquant les endosses, tu n'as rien perdu de ton brou de noix. Et toi, Mathias, tu rentres aussi au bercail ?

– Ah non ! Moi, ici, j'ai enfin trouvé le grand amour, une petite Noire tendre et soumise.

Enfin, petite... elle fait trois fois le cul de Berthe. L'excuse, c'est qu'elle a déjà eu dix-sept enfants. Si on ajoute les miens, plus ceux que je vais lui cloquer, on ne devrait pas tarder à intégrer le *Livre des records*. Ça s'arrose !

On trinque, mais mon cœur n'y est pas.

– Si vous m'expliquiez enfin le mystère de la Pierre Noire ? rouletabillé-je.

– Secret d'État ! oppose Jérémie.

– Pas toi ! Pas le même langage que Diop qui rêvait de faire du Sénégal une république islamique ! Et d'abord, ça n'est plus ton pays !

– Tu as raison, désormais je ne suis lié par aucune obligation de réserve... Il y a quelques mois, un satellite de prospection géologique américain a découvert au cœur de la Pierre Noire un important gisement d'uranium.

– Un filon exceptionnel, ajoute cet incorrigible savant de Mathias. Unique au monde : un isotope 235 à l'état naturel. De quoi fabriquer une bombe A avec la boîte nº 6 du Meccano ou la 2 de chez Lego.

Jérémie repose son verre sans y avoir touché.

– On m'a tenu à l'écart jusqu'au tout dernier moment. Les tractations ont eu lieu dans mon dos. A l'aide d'un autre type de satellite qui désintègre les nuages et détourne les pluies, les Yankees ont asséché la région pour décourager les touristes et les populations locales. Ignorant cette manipulation, j'ai envoyé Mathias étudier le phénomène sur place. Un mois plus tard, il n'avait pas redonné signe de vie.

– Les services US me sont tombés dessus, complète Mathias. De par ma formation scientifique et ma nationalité française, ils ont estimé que je représentais un danger pour leur projet, et m'ont consigné dans leur bunker au sommet de la Pierre Noire.

– Dimanche dernier, dans la soirée, reprend Mister Black, je t'ai appelé à l'aide, San-A. Mais notre conversation a été interceptée par les services de Manga. On a fait pression sur moi et ma famille pour que je te fasse rentrer en France. Par Pinaud, tu m'as fait savoir où tu te cachais.

– Et tu m'as envoyé Capote-Trouée !

– C'est aussi par Pinuche que je t'ai localisé, intervient le Rouquemoute. Il m'a joint sur mon portable que j'avais réussi à planquer. Il cherchait Jérémie. Ce coup de fil m'a trahi et on m'a confisqué mon téléphone. Les seuls contacts qui me restaient, c'était avec les gens du village quand ils faisaient notre ménage.

– D'où l'expédition des rebelles ?

– J'ai vite assimilé les bases du parler vomaringo et compris qu'un événement grave se tramait contre les Américains et le pouvoir en place. J'avais besoin d'aide. J'ai chargé Noos Amoaal et ses amis de vous appeler au secours, Béru et toi.

– Pourquoi ont-ils enlevé la Gravosse ?

– N'ayant aucun argent à leur proposer, j'ai prétendu que vous étiez riches. Ils ont sans doute souhaité une monnaie d'échange.

– Dans le genre mornifle, Berthe, c'est plutôt une grosse pièce !

Ma plaisanterie laisse Jérémie de granit, ou du moins sa peau. Et quand un Noir grisaille, ça veut dire qu'il pâlit.

Les gobilles qu'il darde sur Mathias lui confère l'aménité de Monsieur Néanderthal découvrant Monsieur Cro-Magnon en train de repeindre sa caverne.

– Attends, Mathias... Si j'ai bien compris tes propos, tu as disposé pendant plus de trois semaines d'un téléphone sans m'adresser le moindre message ?

Le Rouillé cardinalise, et quand un rouquin s'empourpre, ça veut dire qu'il rosit.

– Je vais t'expliquer, Jérémie, bredouille-t-il. Évaluant mes compétences scientifiques, les Américains, gens pragmatiques, m'ont proposé, pour occuper ma détention, de participer à l'étude du filon et des méthodes d'extraction...

– De collaborer, quoi ! coupe l'ex-ministre.

– Il ne s'agit pas de collaboration ! s'insurge Mathias. Je travaille pour le gouvernement sénégalais qui a accepté de vendre un uranium dont il ne saurait que faire et qui pourrait tomber dans de mauvaises mains. Il l'a d'ailleurs vendu un très bon prix.

– Faut dire que 13 milliards de dollars, ça fait un gros câlin pour l'économie du pays, admets-je.

Les yeux lapin-russe de notre albinos favori pétillent de malice.

– Surtout pour l'acquisition de quelques tonnes de plomb !

– Qu'est-ce que tu débloques ?

– En fin d'études de physique-chimie, j'ai

soutenu une thèse sur la théorie de Flatt Von Prout. Celle-ci démontre que, soumis à une irradiation d'antonium 69, puis oxydé, l'uranium 235, isotope éminemment instable, se désintègre rapidement en plomb, car le minerai de pechblende...

Quand tu laisses l'Incendié dérouler son canter sur la cendrée de son érudition, il a vite faite de te courir le prix de Diane et sur le haricot par la même occase.

– Abrège ! tonitruandé-je.

– Par les conduits des forages qu'ont pratiqués les techniciens US aux fins d'analyses, je suis parvenu à bombarder, à leur insu, le filon d'ions d'antonium 69[1].

– Et l'oxydation ? s'enquiert Jérémie, qui semble avoir suivi.

– Le contrat d'exploitation du gisement prévoit en guise de préalable la destruction du satellite antinuages que les indigènes ont baptisé...

---

1. « Quelle rigueur scientifique ! » (François de Closets.)
« Ce Xavier Mathias est-il sorcier ou savant ? » (Georges Charpak.)
« Matez-moi ce matheux, il a le physique de l'emploi ! » (Loana.)

– ... l'Étoile de la Soif ! péremptoiré-je. La pluie va retomber, l'eau s'infiltrer, son oxygène oxyder...

– ... et, d'ici quelques mois, les Ricains pourront s'offrir des kilomètres de tuyauterie pour chiottes ! conclut Mathias.

Le Van Gogh des labos joue les modestes sous nos vivats. En proie à l'émotion, il biberonne le cocktail de son ancien ministre.

– Un truc me chicane encore, fait-il, émoustillé par son triomphe. Diop, taupe islamiste des services de sécurité sénégalais, veut saisir une opportunité inespérée d'assassiner le président des States, son propre chef d'État et la plupart des dignitaires du régime. Soit ! Mais pourquoi s'obstiner à faire en sorte que ce soit toi, San-Antonio, l'exécuteur des hautes œuvres, et non un quelconque kamikaze ?

– Vengeance personnelle, mais pas la sienne.

– Celle du flingueur au scooter rouge ?

Je n'ai pas le temps de répondre.

Pantalon de jean incrusté dans les meules, blouson de vachette irlandaise, Alizée fait irruption dans le bar, poursuivie par Fiarko.

– Voilà le tireur de l'aéroport ! s'écrie Jérémie Blanc.

– Je sais ! dis-je en récupérant le calibre du Suiffeux planqué dans le faux palétuvier. Je t'avais prévenu qu'il servirait à bon escient, ce pétard !

Je vise la main d'Alizée à l'instant précis où elle va plonger dans le blouson. La fille culbute. Je bondis et la plaque au sol.

– Fiarko, Mathias, retirez-lui sa ceinture d'explosifs !

Un peu plus tard, paluche garrottée, Miss Van de Traupijk est effondrée dans un fauteuil.

– Comment as-tu compris ? souffle-t-elle.

– Lorsque j'ai découvert que le téléphone de la pute était une balise dénonçant mes moindres faits et gestes, j'ai pigé que la belle climatologue n'avait pas débarqué par hasard dans ma chambre de l'hôtel Parallèle, mais pour me mettre le grappin dessus. Alors j'ai réclamé des renseignements sur toi à un collaborateur français. Et puis... la présence de ton scooter chez les Vomaringos ! Tu le trimbalais dans le barda de ton Range Rover, et des marmots te l'ont piqué.

Son ex-Excellence grattouille son crâne crépu.

– Comment cette fille est-elle devenue la complice de Diop ?

– Et même son supérieur ! rectifié-je. Sa mère n'était pas hindoue, comme elle le prétendait, mais afghane ; elle a péri dans les bombardements sur Kaboul qui ont suivi le 11 septembre. Alizée en a voué une haine farouche au président W.C. Butch et s'est engagée à fond dans la lutte contre le Grand Satan.

– Pourquoi t'en voulait-elle à toi ? insiste Monsieur Bronze.

– Pas seulement à moi : à nous trois. Son père s'appelait Jim Fuckleson, ça ne vous rappelle rien ?

Véritable fichier sur pattes de la Criminologie, Mathias fait claquer ses doigts.

– Un diplomate anglais ! Nous l'avons arrêté à Paris, Jérémie, toi et moi, en 97, pour détournement de mineurs ! Il s'est suicidé dans sa cellule.

– Voilà pourquoi elle voulait nous exterminer.

Alizée me lacère du regard.

– Un jour, je te ferai payer les souffrances de mon père et les plaisirs que tu m'as donnés.

Quand ma main sera guérie, elle ne servira plus qu'à te tuer !

– Embarquez-la ! commande Fiarko à une volée de gendarmes rappliqués en renfort.

Le blondinouze me sourit :

– On venait de l'identifier, j'allais l'interpeller. Sans rancune, commissaire ?

– Je me suis trompé sur votre compte, Fiarko.

Il me tend sa main valide.

– Pour me faire pardonner, puis-je vous inviter à prendre un pot, ce soir, dans une boîte de copines ?

– Ce serait trop, là. Un petit café maintenant fera l'affaire !

Un énorme barouf fait trembler le hall. Nous nous précipitons. Dernière vision mirifique, ultime mirage africain : un dromadaire fourbu ployant sous le poids du couple Bérurier s'avance en roulant et tanguant vers la réception.

– V'pourriez allez garer mon chameau, blatère le Gravos, et nous servir d'urgence une boutanch' de beaujolpif ?

*« La beauté de la rose n'émousse pas ses épines. »*

LE SCARABÉE.

# 30

# Refaire sa vie

*Vol de la Manhattan Airways.*
*Épilogue.*

Les réacteurs ronronnent, Béru ronfle, Berthe glousse sous les gammes alertes de son voisin, et moi je rêvasse. Une main me frôle l'épaule.

– Antoine !

– Gwyneth ?

Elle est bien là, sous mon tarbouif, dans la travée, l'hôtesse peroxydée aux yeux lavande ! Tu mords mon éberluance ? Non ! Tu t'attendais à un ultime coup de théâtre ? Ce que tu peux être exigeant, toi !

– C'est grâce à vous si je suis vivante. En montant dans l'avion, toute retournée, je me suis tordu la cheville. On m'a emmenée au dispensaire. Le vol est parti sans moi.

Une idée me fulgure :

– Tu as dit à quelqu'un que j'étais resté à terre ?

– Après le crash, n'ayant pas embarqué, j'étais suspecte, un flic m'a interrogée...

– Un Black balèze à l'œil crevé ?

– C'est ça. J'ai été obligée de lui lâcher la vérité.

Gwyneth me caresse délicatement la nuque, ses doigts prennent le remonte-pente dans mes cheveux.

– Je ne pense plus qu'à notre baiser, Antoine. Je suis en escale pour vingt-quatre heures à Paris, et vingt-quatre heures, ça comprend au moins une nuit.

– Tu aimes le bœuf en daube ?

– Je ne connais pas, pourquoi ?

– Je me disais que Félicie, ma brave femme de mère, serait heureuse de fricoter pour une lesbienne repentie.

Mes yeux se perdent dans les siens.

– Dans mon rêve du voyage aller, tout avait été prémonitoire, murmuré-je, sauf ta mort !

– Qui te dit que je ne suis pas morte, que nous ne sommes pas tous morts ?

Quelque part dans la brousse, un enfant pleure pour avoir du lait. Sa mère lui offre la praline brune de son sein. Dans l'air tiède de la nuit, un insecte coléoptère, liberté retrouvée, se laisse gober par un hibou.

*« La mort est bénigne,*
*c'est la vie qui est grave. »*
LE SCARABÉE.

FIN

# Table

*Table*

*Composition et mise en pages réalisées*
*par* Étianne Composition
*à Montrouge.*

*Impression réalisée sur CAMERON par*
*BRODARD ET TAUPIN*
*La Flèche*

*pour le compte des Éditions Fayard*
*en janvier 2003*

*Imprimé en France*
Dépôt légal : février 2003
N° d'édition : 29694 – N° d'impression : 17179
ISBN : 2-213-61494-6
35-33-1694-5/01